● 附首爾及首都圈地鐵路線圖 ●

MP3
附40音發音表

超實用
旅遊韓語

雅典韓研所 企畫

U0088075

◆ 完整講解韓國旅行最實用的會話與單字 ◆
讓您輕鬆旅遊，面對任何情況，皆能應用自如！

韓文字是由基本母音、基本子音、複合母音、氣音和硬音所構成。

其組合方式有以下幾種：

1.子音加母音，例如：저(我)
2.子音加母音加子音，例如：밤（夜晚）
3.子音加複合母音，例如：위（上）
4.子音加複合母音加子音，例如：관（官）
5.一個子音加母音加兩個子音，如：값（價錢）

簡易拼音使用方式：

1. 為了讓讀者更容易學習發音，本書特別使用「簡易拼音」來取代一般的羅馬拼音。
規則如下，
例如：
그러면 우리 집에서 저녁을 먹자.
geu.reo.myeon/u.ri/ji.be.seo/jeo.nyeo.geul/meok.jja
----------普遍拼音
geu.ro*.myo*n/u.ri/ji.be.so*/jo*.nyo*.geul/mo*k.jja
------------簡易拼音
那麼，我們在家裡吃晚餐吧！

文字之間的空格以「/」做區隔。
不同的句子之間以「//」做區隔。

基本母音：

	韓國拼音	簡易拼音	注音符號
ㅏ	a	a	ㄚ
ㅑ	ya	ya	一ㄚ
ㅓ	eo	o*	ㄛ
ㅕ	yeo	yo*	一ㄛ
ㅗ	o	o	ㄡ
ㅛ	yo	yo	一ㄡ
ㅜ	u	u	ㄨ
ㅠ	yu	yu	一ㄨ
ㅡ	eu	eu	(ㄜ)
ㅣ	i	i	一

特別提示：

1. 韓語母音「ㅡ」的發音和「ㄜ」發音類似，但是嘴型要拉開，牙齒要咬住，才發的準。
2. 韓語母音「ㅓ」的嘴型比「ㅗ」還要大，整個嘴巴要張開成「大O」的形狀，
   「ㅗ」的嘴型則較小，整個嘴巴縮小到只有「小o」的嘴型，類似注音「ㄡ」。
3. 韓語母音「ㅕ」的嘴型比「ㅛ」還要大，整個嘴巴要張開成「大O」的形狀，
   類似注音「一ㄛ」，「ㅛ」的嘴型則較小，整個嘴巴縮小到只有「小o」的嘴型，類似注音「一ㄡ」。

基本子音：

	韓國拼音	簡易拼音	注音符號
ㄱ	g,k	k	ㄎ
ㄴ	n	n	ㄋ
ㄷ	d,t	d,t	ㄊ
ㄹ	r,l	l	ㄌ
ㅁ	m	m	ㄇ
ㅂ	b,p	p	ㄆ
ㅅ	s	s	ㄙ,(ㄒ)
ㅇ	ng	ng	不發音
ㅈ	j	j	ㄗ
ㅊ	ch	ch	ㄘ

特別提示：

1. 韓語子音「ㅅ」有時讀作「ㄙ」的音，有時則讀作「ㄒ」的音。「ㄒ」音是跟母音「ㅣ」搭在一塊時，才會出現。
2. 韓語子音「ㅇ」放在前面或上面不發音；放在下面則讀作「ng」的音，像是用鼻音發「嗯」的音。
3. 韓語子音「ㅈ」的發音和注音「ㄗ」類似，但是發音的時候更輕，氣更弱一些。

氣音：

	韓國拼音	簡易拼音	注音符號
ㅋ	k	k	ㄎ
ㅌ	t	t	ㄊ
ㅍ	p	p	ㄆ
ㅎ	h	h	ㄏ

特別提示:

1. 韓語子音「ㅋ」比「ㄱ」的較重，有用到喉頭的音，音調類似國語的四聲。
   ㅋ＝ㄱ＋ㅎ
2. 韓語子音「ㅌ」比「ㄷ」的較重，有用到喉頭的音，音調類似國語的四聲。
   ㅌ＝ㄷ＋ㅎ
3. 韓語子音「ㅍ」比「ㅂ」的較重，有用到喉頭的音，音調類似國語的四聲。
   ㅍ＝ㅂ＋ㅎ

複合母音：

	韓國拼音	簡易拼音	注音符號
ㅐ	ae	e*	ㄝ
ㅒ	yae	ye*	ㄧㄝ
ㅔ	e	e	ㄟ
ㅖ	ye	ye	ㄧㄟ
ㅘ	wa	wa	ㄨㄚ
ㅙ	wae	we*	ㄨㄝ
ㅚ	oe	we	ㄨㄟ
ㅞ	we	we	ㄨㄟ
ㅝ	wo	wo	ㄨㄛ
ㅟ	wi	wi	ㄨㄧ
ㅢ	ui	ui	ㄜㄧ

特別提示：

1. 韓語母音「ㅐ」比「ㅔ」的嘴型大，舌頭的位置比較下面，發音類似「ae」；「ㅔ」的嘴型較小，舌頭的位置在中間，發音類似「e」。不過一般韓國人讀這兩個發音都很像。

2. 韓語母音「ㅒ」比「ㅖ」的嘴型大，舌頭的位置比較下面，發音類似「yae」；「ㅖ」的嘴型較小，舌頭的位置在中間，發音類似「ye」。不過很多韓國人讀這兩個發音都很像。

3. 韓語母音「ㅚ」和「ㅞ」比「ㅙ」的嘴型小些，「ㅙ」的嘴型是圓的；「ㅚ」、「ㅞ」則是一樣的發音。不過很多韓國人讀這三個發音都很像，都是發類似「we」的音。

硬音：

	韓國拼音	簡易拼音	注音符號
ㄲ	kk	g	ㄍ
ㄸ	tt	d	ㄉ
ㅃ	pp	b	ㄅ
ㅆ	ss	ss	ㄙ
ㅉ	jj	jj	ㄗ

特別提示：

1. 韓語子音「ㅆ」比「ㅅ」用喉嚨發重音，音調類似國語的四聲。
2. 韓語子音「ㅉ」比「ㅈ」用喉嚨發重音，音調類似國語的四聲。

*表示嘴型比較大

序言

到韓國不再比手畫腳

　　到韓國最害怕什麼？是不是通關時不曉得該如何和機場人員溝通？是不是購物時不知道如何表達自己的需求？是不是觀光時不知道如何買票？是不是搭車時不知道如何轉車？是不是害怕自己迷路了？

　　以上的問題都是在您不會說韓語的情況下才會發生的。但是不會說韓語難道就不能去韓國自助旅行、觀光、出差、唸書嗎？「超實用旅遊韓語」幫您解決了上述所有問題。

　　「超實用旅遊韓語」包含了八個單元，每一個單元都有最簡單的重點單字、實用的情境會話，以及相關的延伸句型，只要根據您的需求尋找目錄上所標示的情境主題，再搭配本書所附的學習光碟，您就可以輕鬆搞定旅遊韓文囉！

Chapter 1　旅遊臨時最需要的一句話

Chapter 2　前往韓國

Chapter 3 抵達飯店

Chapter 4 用餐

Chapter 5 搭乘交通工具

Chapter 6 購物

Chapter 7 緊急情況

Chapter 8 旅遊必學詞彙

Chapter 1

旅遊臨時
最需要的一句話

안녕하세요.

an.nyo*ng.ha.se.yo

您好。／你好。

만나서 반갑습니다.

man.na.so*/ban.gap.sseum.ni.da

很高興認識你。

예./아니요.

ye//a.ni.yo

是。／不是。

고마워요.

go.ma.wo.yo

謝謝。

감사합니다.

gam.sa.ham.ni.da

謝謝。

미안해요.

mi.a.ne*.yo

對不起。

☞죄송합니다.

jwe.song.ham.ni.da

對不起。

☞실례하지만...

sil.lye.ha.ji.man

請問…。

☞저는 대만사람입니다.

jo*.neun/de*.man.sa.ra.mim.ni.da

我是台灣人。

☞이거 얼마예요?

i.go*/ o*l.ma.ye.yo

這個多少錢？

☞잠시만요.

jam.si.ma.nyo

請稍等。

☞안녕히 가세요.

an.nyo*ng.hi/ga.se.yo

再見。

☞ 어떻게 하면 좋을까요?

o*.do*.ke/ha.myo*n/jo.eul.ga.yo

該怎麼做才好呢?

☞ 지금 몇 시예요?

ji.geum/myo*t/si.ye.yo

現在幾點?

☞ 오늘은 무슨 요일이에요?

o.neu.reun/mu.seun/yo.i.ri.e.yo

今天星期幾?

☞ 중국어 사용이 가능합니까?

jung.gu.go*/sa.yong.i/ga.neung.ham.ni.ga

您會說中文嗎?

☞ 이것은 무엇입니까?

i.go*.seun/mu.o*.sim.ni.ga

這是什麼?

☞ 도와 주세요.

do.wa.ju.se.yo

請幫我。

✎다시 한번 말해 주시겠어요?

da.si/han.bo*n/mal.he*/ju.si.ge.sso*.yo
你可以再説一次嗎？

✎정말 즐겁습니다.

jo*ng.mal/jjeul.go*p.sseum.ni.da
真的很愉快。

✎정말 재미있어요.

jo*ng.mal/jje*.mi.i.sso*.yo
真的很有趣。

✎이거 어때요?

i.go*/o*.de*.yo
這個怎麼樣？

✎입장료는 얼마입니까?

ip.jjang.nyo.neun/o*l.ma.im.ni.ga
入場費多少錢？

✎여행안내책자를 한권 주시겠
어요?

yo*.he*ng.an.ne*.che*k.jja.reul/han.gwon/ju.si.ge.
sso*.yo
可以給我一本旅遊指南嗎？

➋밤에 구경할 만한 곳이 있습니까?

ba.me/gu.gyo*ng.hal/man.han/go.si/it.sseum.ni.ga

晚上有值得逛的地方嗎?

➋언제 출발합니까?

o*n.je/chul.bal.ham.ni.ga

我們何時出發呢?

➋어디서 출발합니까?

o*.di.so*/chul.bal.ham.ni.ga

從哪出發呢?

➋몇 시에 돌아와야 돼요?

myo*t/si.e/do.ra.wa.ya/dwe*.yo

幾點要回來呢?

➋시내 전경을 볼 수 있는 곳이 어디에 있나요?

si.ne*/jo*n.gyo*ng.eul/bol/su/in.neun/go.si/o*.di.e/in.na.yo

可以看到市區全景的地方在哪裡呢?

☞서울 관광코스가 있습니까?

so*.ul/gwan.gwang.ko.seu.ga/it.sseum.ni.ga
有首爾的觀光路線嗎？

☞매표소가 어디에 있습니까?

me*.pyo.so.ga/o*.di.e/it.sseum.ni.ga
售票處在哪呢？

☞오늘 박물관 문을 엽니까?

o.neul/bang.mul.gwan/mu.neul/yo*m.ni.ga
今天博物館有開嗎？

☞여기가 어디입니까?

yo*.gi.ga/o*.di.im.ni.ga
這裡是哪裡？

☞실례하지만 화장실이 어디에
있습니까?

sil.lye.ha.ji.man/hwa.jang.si.ri/o*.di.e/it.sseum.ni.ga
不好意思，化妝室在哪裡？

☞좀 빨리 가 주세요.

jom/bal.li/ga.ju.se.yo
請開快一點。

여기 세워 주세요.

yo*.gi/se.wo.ju.se.yo

請在這裡停車。

은행이 어디에 있습니까?

eun.he*ng.i/o*.di.e/it.sseum.ni.ga

銀行在哪裡呢？

노선도를 하나 그려 주세요.

no.so*n.do.reul/ha.na/geu.ryo*.ju.se.yo

請幫我畫一張路線圖。

어디서 서울지도를 구할 수 있나요?

o*.di.so*/so*.ul.ji.do.reul/gu.hal/ssu/in.na.yo

在哪可以領取首爾地圖呢？

이 방향으로 가는게 맞아요?

i/bang.hyang.eu.ro/ga.neun.ge/ma.ja.yo

往這個方向去，沒錯嗎？

오른쪽으로 갑니까?

o.reun.jjo.geu.ro/gam.ni.ga

往右走嗎？

성함이 어떻게 되십니까?

so*ng.ha.mi/o*.do*.ke/dwe.sim.ni.ga

您貴姓大名?

누구세요?

nu.gu.se.yo

您是哪位?

중국어를 할 줄 아세요?

jung.gu.go*.reul/hal/jjul/a.se.yo

你會説中文嗎?

이건 한국어로 어떻게 말해요?

i.go*n/han.gu.go*.ro/o*.do*.ke/mal.he*.yo

這個韓國話怎麼説?

판매점은 어디에 있어요?

pan.me*.jo*.meun/o*.di.e/i.sso*.yo

便利商店在哪裡?

잘 모르겠어요.

jal/mo.reu.ge.sso*.yo.

我不知道。

☞오늘 날씨가 어때요?

o.neul/nal.ssi.ga/o*.de*.yo

今天的天氣如何？

☞내일도 추워요?

ne*.il.do/chu.wo.yo

明天也很冷嗎？

☞3 시전에 도착할 수 있어요?

se.si.jo*.ne/do.cha kal/ssu/i.sso*.yo

三點以前可以到達嗎？

☞오늘은 며칠이에요?

o.neu.reun/myo*.chi.ri.e.yo

今天幾號？

☞어디서 오셨어요?

o*.di.so*/o.syo*.sso*.yo

您從哪來？

☞국제전화를 하고 싶은데요.

guk.jje.jo*n.hwa.reul/ha.go/si.peun.de.yo

我想打國際電話。

☞실례하지만 국제전화는 어떻게 겁니까?

sil.lye.ha.ji.man/guk.jje.jo*n.hwa.neun/o*.do*.ke/go*m.ni.ga

請問該怎麼打國際電話？

☞그걸 좀 보여 주세요.

geu.go*l/jom/bo.yo*/ju.se.yo.

請給我看看那個。

☞너무 비싸요.

no*.mu/bi.ssa.yo.

太貴了。

☞저는 여행하러 왔습니다.

jo*.neun/yo*.he*ng.ha.ro*/wat.sseum.ni.da

我是來旅遊的。

☞한국 음식은 뭔가 유명해요?

han.guk/eum.si.geun/mwon.ga/yu.myo*ng.he*.yo

韓國有名的料理是什麼？

☞소주 한 병 주세요.

so.ju/han/byo*ng/ju.se.yo

給我一瓶燒酒。

@식사는 빨리 좀 갖다 주시겠어요?

sik.ssa.neun/bal.li/jom/gat.da/ju.si.ge.sso*.yo

可以快一點把餐點送上來嗎？

@계산서를 갖다 주세요.

gye.san.so*.reul/gat.da/ju.se.yo

請拿帳單過來。

@비용은 서비스료도 포함되나요?

bi.yong.eun/so*.bi.seu.ryo.do/po.ham.dwe.na.yo

費用有包含服務費嗎？

@얼마나 더 기다려야 합니까?

o*l.ma.na/do*/gi.da.ryo*.ya/ham.ni.ga

還要再等多久？

@이 엽서를 대만으로 부치려고 해요.

i/yo*p.sso*.reul/de*.ma.neu.ro/bu.chi.ryo*.go/he*.yo

我想把這明信片寄回台灣。

☞얼마짜리 우표를 부쳐야 돼요?

o*l.ma.jja.ri/u.pyo.reul/bu.cho*.ya/dwe*.yo

要貼多少錢的郵票呢？

☞언제쯤 서울에 도착할까요?

o*n.je.jjeum/so*.u.re/do.cha.kal.ga.yo

何時會到達首爾呢？

☞방이 너무 추워요.따뜻하게 해
주세요.

bang.i/no*.mu/chu.wo.yo//da.deu.ta.ge/he*.ju.se.yo

房間太冷了，請幫我調溫暖一點。

☞세탁물은 어디에 맡겨야 돼요?

se.tang.mu.reun/o*.di.e/mat.gyo*.ya/dwe*.yo

送洗的衣服要寄託在哪裡呢？

☞제 가방을 보관해 주실 수 있어
요?

je/ga.bang.eul/bo.gwan.he*/ju.sil/su/i.sso*.yo

可以幫我保管我的包包嗎？

☞한국에 오신 적이 있습니까?

han.gu.ge/o.sin/jo*.gi/it.sseum.ni.ga

您來過韓國嗎？

☞한국에 처음 왔어요.

han.gu.ge/cho*.eum/wa.sso*.yo

我第一次來韓國。

☞관광코스를 몇 가지 좀 알려 주세요.

gwan.gwang.ko.seu.reul/myo*t.ga.ji/jom/al.lyo*.ju.se.yo

請告訴我幾條觀光路線。

☞관광버스를 어디서 타야 되죠?

gwan.gwang.bo*.seu.reul/o*.di.so*/ta.ya/dwe.jyo

要在哪裡搭觀光巴士呢？

☞가볼 만한 곳을 몇 군데 알려 주세요.

ga.bol/man.han/go.seul/myo*t/gun.de/al.lyo*/ju.se.yo

請告訴我幾個值得一去的地方。

✎한국에서 가장 인기있는 관광지는 어디예요?

han.gu.ge.so*/ga.jang/in.gi.in.neun/gwan.gwang.ji.neun/o*.di.ye.yo

韓國最熱門的觀光地在哪？

✎한국호텔까지 가 주십시오.

han.gu.ko.tel.ga.ji/ga/ju.sip.ssi.o

請帶我到韓國飯店。

✎사진 좀 찍어 주세요.

sa.jin/jom/jji.go*.ju.se.yo

請幫我照相。

✎여기서 담배를 피워도 돼요?

yo*.gi.so*/dam.be*.reul/pi.wo.do/dwe*.yo

這裡可以吸菸嗎？

✎전화를 한 통 하고 싶은데요.

jo*n.hwa.reul/han/tong/ha.go/si.peun.de.yo

我想打一通電話。

✎좀 양해해 주십시오.

jom/yang.he*.he*/ju.sip.ssi.o

請見諒。

📧 몇 시에 체크인해야 합니까?

myo*t.ssi.e/che.keu.in.he*.ya/ham.ni.ga

幾點要辦理入住手續呢？

📧 대만에 돌아가는 비행기표를 예약하고 싶은데요.

de*.ma.ne/do.ra.ga.neun/bi.he*ng.gi.pyo.reul/ye.ya, ka.go/si.peun.dc.yo

我想訂回台灣的機票。

📧 오후 부산으로 가는 기차표 2장 주세요.

o.hu/bu.sa.neu.ro/ga.neun/gi.cha.pyo/du.jang/ju.se.yo

我要買兩張下午去釜山的火車票。

📧 그동안 폐 많이 끼쳤습니다.

geu.dong.an/pye.ma.ni/gi.cho*t.sseum.ni.da

這段時間給你添麻煩了。

📧 버스정거장은 어디 있습니까?

bo*.seu.jo*ng.go*.jang.eun/o*.di/it.sseum.ni.ga

公車站在哪裡？

📢미안하지만 저도 잘 모르겠어요.

mi.an.ha.ji.man/jo*.do/jal/mo.reu.ge.sso*.yo

對不起，我也不清楚。

📢환전하려고 왔는데요.

hwan.jo*n.ha.ryo*.go/wan.neun.de.yo

我來換錢的。

📢지하철 막차가 몇시예요?

ji.ha.cho*l/mak.cha.ga/myo*t.ssi.ye.yo

地鐵末班車是幾點？

📢잘 안 보입니다.

jal/an/bo.im.ni.da

看不太清楚。

📢문이 고장 났습니다.

mu.ni/go.jang.nat.sseum.ni.da

門壞掉了。

📢좀 싸게 해 주세요.

jom/ssa.ge/he*/ju.se.yo

請算便宜一點。

저는 다음 정거장에서 내립니다.

jo*.neun/da.eum/jo*ng.go*.jang.e.so*/ne*.rim.ni.da

我要在一下站下車。

한국민속촌에 가려고 합니다.

han.gung.min.sok.cho.ne/ga.ryo*.go/ham.ni.da

我想去韓國民俗村。

명동에 도착하면 제게 좀 알려 주십시오.

myo*ng.dong.e/do.cha.ka.myo*n/je.ge/jom/al.lyo*.ju.sip.ssi.o

到明洞請告訴我一聲。

기사 아저씨, 명동에 도착하면 좀 알려 주세요.

gi.sa/a.jo*.ssi//myo*ng.dong.e/do.cha.ka.myo*n/jom/al.lyo*/ju.se.yo

司機先生，到明洞的話，請告訴我。

거기에 가는 주소를 적어 주시 겠습니까?

go*.gi.e/ga.neun/ju.so.reul/jjo*.go*/ju.si.get.sseum.ni.ga

請你寫下要去的地址。

이 바지를 좀 수선해 주실 수 있습니까?

i.ba.ji.reul/jjom/su.so*n.he*/ju.sil/su/it.sseum.ni.ga

可以幫我修改這件褲子嗎?

영화표는 어디에서 살 수 있나 요?

yo*ng.hwa.pyo.neun/o*.di.e.so*/sal/ssu/in.na.yo

電影票要在哪買呢?

가까운 경찰서가 어디입니까?

ga.ga.un/gyo*ng.chal.sso*.ga/o*.di.im.ni.ga

鄰近的警察局在哪裡呢?

병원에 가려면 어떻게 가야합니까?

yo*ng.wo.ne/ga.ryo*.myo*n/o*.do*.ke/ga.ya.ham.ni.ga

怎麼去醫院呢？

저것을 좀 봐도 되겠습니까?

jo*.go*.seul/jjom/bwa.do/dwe.get.sseum.ni.ga

請給我看那個。

핸드폰을 좀 빌려주시겠습니까?

he*n.deu.po.neul/jjom/bil.lyo*.ju.si.get.sseum.ni.ga

可以借我用一下手機嗎？

어디에서 음악회를 들을 수 있습니까?

o*.di.e.so*/eu.ma.kwe.reul/deu.reul/ssu/it.sseum.ni.ga

哪裡可以聽音樂會呢？

이 백화점은 몇시에 엽니까?

i.be*.kwa.jo*.meun/myo*t.ssi.e/yo*m.ni.ga

這百貨公司幾點開門呢？

몇 시에 닫습니까?

myo*t.ssi.e/dat.sseum.ni.ga

幾點關門呢？

분위기 좋은 나이트클럽을 아십니까?

bu.nwi.gi/jo.eun/na.i.teu.keul.lo*.beul/a.sim.ni.ga

您知道哪裡有氣氛不錯的夜店嗎？

이 시설을 어떻게 하는지 아십니까?

i/si.so*.reul/o*.do*.ke/ha.neun.ji/a.sim.ni.ga

您知道這設施如何操作嗎？

저희는 스키장비가 필요합니다.

jo*.hi.neun/seu.ki.jang.bi.ga/pi.ryo.ham.ni.da

我們需要滑雪裝備。

저는 도움이 필요합니다.

jo*.neun/do.u.mi/pi.ryo.ham.ni.da

我需要幫助。

◎월로 만들어졌습니까?

mwol.lo/man.deu.ro*.jo*t.sseum.ni.ga

這是用什麼製作的？

◎괜찮은 한국식당을 좀 추천해 주실 수 있으십니까?

gwe*n.cha.neun/han.guk.ssik.dang.eul/jjom/chu.cho*n.he*/ju.sil/su/i.sseu.sim.ni.ga

可以為我推薦不錯的韓國餐館嗎？

◎이 근처에 캠프장이 있습니까?

i.geun.cho*.e/ke*m.peu.jang.i/it.sseum.ni.ga

這附近有露營地嗎？

◎잠깐만 기다려 주세요.

jam.gan.man/gi.da.ryo*/ju.se.yo

請等一下。

◎양산은 어디에서 살 수 있습니까?

yang.sa.neun/o*.di.e.so*/sal/ssu/it.sseum.ni.ga

哪兒可以買到陽傘？

☞도와 주셔서 감사합니다.

do.wa.ju.syo*.so*/gam.sa.ham.ni.da

謝謝你的幫助。

☞여기에서 수영해도 안전합니까?

yo*.gi.e.so*/su.yo*ng.he*.do/an.jo*n.ham.ni.ga

這裡游泳安全嗎？

☞저는 이 요리를 시키지 않았는데요.

jo*.neun/i/yo.ri.reul/ssi.ki.ji/a.nan.neun.de.yo

我沒點這道菜。

☞뭘 권하시겠습니까?

mwol/gwon.ha.si.get.sseum.ni.ga

您推薦什麼呢？

☞팁을 따로 내야 됩니까?

ti.beul/da.ro/ne*.ya.dwem.ni.ga

要另外付小費嗎？

☞재료는 뭐예요?

je*.ryo.neun/mwo.ye.yo

材料是什麼呢?

☞사진을 찍어도 될까요?

sa.ji.neul/jji.go*.do/dwel.ga.yo

可以照相嗎?

☞여기서 촬영해도 되나요?

yo*.gi.so*/chwa.ryo*ng.he*.do/dwe.na.yo

這裡可以錄影嗎?

☞사진 좀 찍어주실 수 있습니까?

sa.jin/jom/jji.go*.ju.sil/su/it.sseum.ni.ga

可以幫我照張相嗎?

☞오늘 여행단이 있습니까?

o.neul/yo*.he*ng.da.ni/it.sseum.ni.ga

今天有旅遊團嗎?

✐여행비에 아침식사가 포함됩니까?

yo*.he*ng.bi.e/a.chim.sik.ssa.ga/po.ham.dwem.ni.ga

旅費有包括早餐嗎？

✐여기 무슨 특별한 경치가 있습니까?

yo*.gi/mu.seun/teuk.byo*l.han/gyo*ng.chi.ga/it.sseum.ni.ga

這裡有什麼特別的風景嗎？

✐유람할 만한 곳이 있습니까?

yu.ram.hal/man.han/go.si/it.sseum.ni.ga

有值得參觀的地方嗎？

✐입장권을 어디서 사야합니까?

ip.jjang.gwo.neul/o*.di.so*/sa.ya.ham.ni.ga

入場券要在哪買？

✐근처에 슈퍼마켓이 있습니까?

geun.cho*.e/syu.po*.ma.ke.si/it.sseum.ni.ga

附近有沒有超級市場？

☞말씀 좀 묻겠습니다.

mal.sseum/jom/mut.get.sseum.ni.da
請問一下。

☞롯데백화점이 어디에 있습니까?

rot.de.be*.kwa.jo*.mi/o*.di.e/it.sseum.ni.ga
樂天百貨在哪裡？

☞남성용품은 어느 층에서 팝니까?

nam.so*ng.yong.pu.meun/o*.neu/cheung.e.so*/pam.
ni.ga
男性用品在哪層樓賣？

☞서울 시내에는 구경할 수 있는데가 있습니까?

so*.ul/si.ne*.e.neun/gu.gyo*ng.hal/ssu/in.neun/de.
ga/it.sseum.ni.ga
首爾市區有可以參觀的地方嗎？

• track 032

제가 묵는 호텔까지 배달해 주실 수 있나요?

je.ga/mung.neun/ho.tel.ga.ji/be*.dal.he*/ju.sil/su/in.na.yo

可以送到我住的飯店去嗎？

이것을 교환하고 싶습니다.

i.go*.seul/gyo.hwan.ha.go/sip.sseum.ni.da

我想換這個。

제가 잔돈이 없습니다.

je.ga/jan.do.ni/o*p.sseum.ni.da

我沒有零錢。

이 근처에 공중전화가 있습니까?

i/geun.cho*.e/gong.jung.jo*n.hwa.ga/it.sseum.ni.ga

這附近有公用電話嗎？

여기서 내려도 됩니까?

yo*.gi.so*/ne*.ryo*.do/dwem.ni.ga

可以在這下車嗎？

☞이 간판의 뜻은 무엇입니까?

i/gan.pa.nui/deu.seun/mu.o*.sim.ni.ga

這塊招牌寫什麼？

☞주차장이 어디에 있습니까?

ju.cha.jang.i/o*.di.e/it.sseum.ni.ga

請問停車場在哪裡？

☞이렇게 가면 남대문이 맞습니까?

i.ro*.ke/ga.myo*n/nam.de*.mu.ni/mat.sseum.ni.ga

去南大門這麼走，沒錯嗎？

☞짐 보관소가 어디예요?

jim/bo.gwan.so.ga/o*.di.ye.yo

行李寄存處在哪裡？

☞짐이 너무 무거워요. 도와 주세요.

ji.mi/no*.mu/mu.go*.wo.yo./do.wa/ju.se.yo

行李太重了，請幫我的忙。

☞저는 금연석에 앉고 싶은데요.

jo*.neun/geu.myo*n.so*.ge/an.go/si.peun.de.yo

我想坐在禁菸席。

☞제 시계를 현지시간으로 맞춰 주시겠어요?

je/si.gye.reul/hyo*n.ji.si.ga.neu.ro/mat.chwo/ju.si.ge.sso*.yo

可以幫我把手錶調成當地的時間嗎?

☞지금 한국시간은 몇시예요?

ji.geum/han.guk.ssi.ga.neun/myo*t.ssi.ye.yo

現在韓國時間幾點?

☞대구행 기차는 언제 출발합니까?

de*.gu.he*ng/gi.cha.neun/o*n.je/chul.bal.ham.ni.ga

往大邱的火車幾點出發?

☞혹시 중국어 하실 수 있으세요?

hok.ssi/jung.gu.go*/ha.sil.su/i.sseu.se.yo

你會講中文嗎?

☜어느 쪽으로 가야 합니까?

o*.neu/jjo.geu.ro/ga.ya/ham.ni.ga

要往哪邊走呢?

☜커피를 가지고 갈 수 있을까요?

ko*.pi.reul/ga.ji.go/gal/ssu/i.sseul.ga.yo

咖啡可以外帶嗎?

☜여기서 사진 한 장 찍어도 돼요?

yo*.gi.so*/sa.jin/han/jang/jji.go*.do/dwe*.yo

可以在這裡拍一張相片嗎?

☜어떻게 찍어 드릴까요?

o*.do*.ke/jji.go*/deu.ril.ga.yo

要怎麼幫您照呢?

☜이 건물을 배경으로 찍어 주세요.

i.go*n.mu.reul/be*.gyo*ng.eu.ro/jji.go*.ju.se.yo

請以這建築物為背景照相。

☞좀 도와 주시겠어요?

jom/do.wa.ju.si.ge.sso*.yo

能幫忙嗎？

☞이 카메라로도 부탁드려요.

i.ka.me.ra.ro.do/bu.tak.deu.ryo*.yo

這台照機也拍一下。

☞이 셔터를 누르면 됩니다.

i/syo*.to*.reul/nu.reu.myo*n/dwem.ni.da

按這個快門就可以了。

☞청와대를 구경하려면 어떻게 해야 합니까?

cho*ng.wa.de*.reul/gu.gyo*ng.ha.ryo*.myo*n/o*.do*.ke/he*.ya/ham.ni.ga

怎麼樣才能參觀青瓦台呢？

☞안내해 주셔서 고마웠어요.

an.ne*.he*.ju.syo*.so*/go.ma.wo.sso*.yo

謝謝您的引導。

☞혹시 김치를 맛 볼 수 있을까요?

hok.ssi/gim.chi.reul/mat/bol/su/i.sseul.ga.yo

可以試吃泡菜嗎？

☞서울시내관광을 하고 싶은데요.

so*.ul.si.ne*.gwan.gwang.eul/ha.go/si.pcun.de.yo

我想去首爾市區觀光。

☞옷, 신발, 가방등을 파는 곳이 어디 있어요?

ot/sin.bal/ga.bang.deung.eul/pa.neun/go.si/o*.di/i.sso*.yo

哪個地方有賣衣服、鞋子、包包呢？

☞저기에 무엇이 있습니까?

jo*.gi.e/mu.o*.si/it.sseum.ni.ga

那裡有什麼呢？

☞전화카드를 어디서 삽니까?

jo*n.hwa.ka.deu.reul/o*.di.so*/sam.ni.ga

電話卡要在哪買？

한장에 얼마입니까?

han.jang.e/o*l.ma.im.ni.ga

一張多少錢？

이 카드로 국제전화를 할 수 있습니까?

i.ka.deu.ro/guk.jje.jo*n.hwa.reul/hal/ssu/it.sseum.ni.ga

用這張卡可以打國際電話嗎？

백화점 세일이 언제예요?

be*.kwa.jo*m/se.i.ri/o*n.je.ye.yo

百貨公司何時有打折？

할인이 가능합니까?

ha.ri.ni/ga.neung.ham.ni.ga

可以打折嗎？

카드 결재가 가능합니까?

ka.deu/gyo*l.je*.ga/ga.neung.ham.ni.ga

可以用信用卡付款嗎？

✎이 외투와 어울리는 바지를 골라 주세요.

i/we.tu.wa/o*.ul.li.neun/ba.ji.reul/gol.la.ju.se.yo
請幫我挑選適合這外套的褲子。

✎어떤 색깔이 저한테 잘 어울려요?

o*.do*n/se*k.ga.ri/jo*.han.te/jal/o*.ul.lyo*.yo
哪個顏色適合我呢？

✎어느 거리에 음식점이 가장 많습니까?

o*.neu/go*.ri.e/eum.sik.jjo*.mi/ga.jang/man.sseum.ni.ga
哪條街餐館最多？

✎괜찮은 음식점이 있습니까?

gwe*n.cha.neun/eum.sik.jjo*.mi/it.sseum.ni.ga
有沒有不錯的餐館？

✎가장 유명한 음식을 먹고 싶습니다.

ga.jang/yu.myo*ng.han/eum.si.geul/mo*k.go/sip.sseum.ni.da
我想吃最有名的料理。

• track 040

☞실례합니다. 이곳에 자리가 있나요?

sil.lye.ham.ni.da//i.go.se/ja.ri.ga/in.na.yo
請問這裡有位子嗎?

☞면세품을 사려고 합니다.

myo*n.se.pu.meul/ssa.ryo*.go/ham.ni.da
我想購買免稅商品。

☞기차에서 멀미약을 파나요?

gi.cha.e.so*/mo*l.mi.ya.geul/pa.na.yo
火車上有賣車藥嗎?

☞일곱시반 영화표 두장 주세요.

il.gop.ssi.ban/yo*ng.hwa.pyo/du.jang/ju.se.yo
請給我兩張七點半的電影票。

☞저는 제 사이즈를 몰라요.

jo*.neun/je/sa.i.jeu.reul/mol.la.yo
我不知道自己的尺寸。

☞쉽게 변색되지 않나요?

swip.ge/byo*n.se*k.dwe.ji/an.na.yo
容易褪色(變色)嗎?

☞이 모자는 최신 스타일인가요?

i/mo.ja.neun/chwe.sin/seu.ta.i.rin.ga.yo

這帽子是最新的款式嗎?

☞옷감은 어떤 거예요?

ot.ga.meun/o*.do*n/go*.ye.yo

這是什麼衣料呢?

☞최신 디자인은 어떤 거죠?

chwe.sin/di.ja.i.neun/o*.do*n/go*.jyo

哪個是最新的設計呢?

☞제가 있는 위치는 이 지도에서 어디예요?

je.ga/in.neun/wi.chi.neun/i/ji.do.e.so*/o*.di.ye.yo

請問我的位置在這張地圖的哪裡?

☞이곳을 뭐라고 부릅니까?

i.go.seul/mwo.ra.go/bu.reum.ni.ga

這地方叫什麼名字呢?

☞입구가 어디입니까?

ip.gu.ga/o*.di.im.ni.ga

入口在哪裡呢?

☞어떤 물건들을 신고해야 합니까?

o*.do*n/mul.go*n.deu.reul/ssin.go.he*.ya/ham.ni.ga

哪些物品需要申報呢?

☞어떤 물건에 세금을 부가합니까?

o*.do*n/mul.go*.ne/se.geu.meul/bu.ga.ham.ni.ga

哪些物品要付稅呢?

☞인천으로 가는 다른 방법은 없습니까?

in.cho*.neu.ro/ga.neun/da.reun/bang.bo*.beun/o*p.sseum.ni.ga

有其他去仁川的方法嗎?

☞오늘은 더워요.

o.neu.reun/do*.wo.yo

今天很熱。

☞오늘은 추워요.

o.neu.reun/chu.wo.yo

今天很冷。

☞실례지만 제 좌석이 어디인가
요?

sil.lye.ji.man/je/jwa.so*.gi/o*.di.in.ga.yo
請問我的座位在哪呢？

☞김치 좀 더 주세요.

gim.chi/jom/do*/ju.se.yo
請再給我一點泡菜。

☞세금까지 전부 얼마입니까?

se.geum.ga.ji/jo*n.bu/o*l.ma.im.ni.ga
加稅後，總共是多少呢？

☞미안합니다. 천 원짜리 지폐밖
에 없습니다.

mi.an.ham.ni.da//cho*n/won.jja.ri/ji.pye.ba.ge/o*p.
sseum.ni.da
對不起，我只有一千元鈔票。

☞동전으로 바꿔 주세요.

dong.jo*n.neu.ro/ba.gwo.ju.se.yo
請幫我換成硬幣。

가까운 화장실이 어디 있는지 아세요?

ga.ga.un/hwa.jang.si.ri/o*.di/in.neun.ji/a.se.yo

你知道最近的化妝室在哪裡嗎？

Chapter 2

前往韓國

• track 045

Unit 01 購買機票

重點單字

비행기표

bi.he*ng.gi.pyo

機票

會話

A 10월1일 서울로 가는 항공편이 있습니까?

si.wo.ri.ril/so*.ul.lo/ga.neun/hang.gong.pyo*.ni/it.
sseum.ni.ga

請問有 10 月 1 號往首爾的班機嗎？

B 네. 있습니다.

ne//it.sseum.ni.da

有的。

A 이 왕복 비행기표 얼마입니까?

i/wang.bok/bi.he*ng.gi.pyo/o*l.ma.im.ni.ga

往返的機票多少錢呢？

B 삼십만원입니다.

sam.sim.ma.nwo.nim.ni.da

三十萬元。

延伸句型

▶ 대만으로 가는 비행기표를 사려고 합니다.

de*.ma.neu.ro/ga.neun/bi.he*ng.gi.pyo.reul/ssa.
ryo*.go/ham.ni.da

我想買往台灣的機票。

▶ 보통 객석표를 주십시오.
bo.tong/ge*k.sso*k.pyo.reul/jju.sip.ssi.o
我要經濟艙的機票。

▶ 이 비행기는 직항입니까?
i/bi.he*ng.gi.neun/ji.kang.im.ni.ga
這班飛機是直飛班機嗎?

▶ 탑승날짜를 바꾸고 싶습니다.
tap.sseung.nal.jja.reul/ba.gu.go/sip.sseum.ni.da
我想更改搭乘日期。

▶ 편도 항공편을 주십시오.
yo*n.do/hang.gong.pyo*.neul/jju.sip.ssi.o
請給我單程機票。

▶ 비지니스 클래스로 주세요.
bi.ji.ni.seu/keul.le*.seu.ro/ju.se.yo
請給我商務艙。

▶ 보험료와 공항세는 포함되나요?
bo.ho*m.nyo.wa/gong.hang.se.neun/po.ham.dwe.na.
yo
有包含保險費與機場稅嗎?

• track 047

Unit 02 預約機票

重點單字

비행기표를 예약하다.

bi.he*ng.gi.pyo.reul/ye.ya.ka.da

預約機票

會話

Ⓐ 서울에 가는 비행기표를 예약하려고 합
니다.

so*.u.re/ga.neun/bi.he*ng.gi.pyo.reul/ye.ya.ka.ryo*.
go/ham.ni.da

我想要預約去首爾的機票。

Ⓑ 언제의 비행기표를 원하십니까?

o*n.je.ui/bi.he*ng.gi.pyo.reul/won.ha.sim.ni.ga

您要什麼時間的機票?

Ⓐ 다음 주 월요일의 비행기표로 주세요.

da.eum.ju/wo.ryo.i.rui/bi.he*ng.gi.pyo.ro/ju.se.yo

請給我下禮拜一的機票。

延伸句型

▶ 퍼스트 클래스 한 장을 예약하려고 합니다.

po*.seu.teu/keul.le*.seu/han/jang.eul/ye.ya.ka.ryo*.
go/ham.ni.da

我想要訂一張頭等艙的機票。

▶ 죄송합니다. 금요일은 대만으로 가는 항공
편이 없습니다.

jwe.song.ham.ni.da//geu.myo.i.reun/de*.ma.neu.ro/

ga.neun/hang.gong.pyo*.ni/o*p.sseum.ni.da

對不起，星期五沒有往台灣的班機。

▶ 좌석예약을 변경하려고 합니다.
jwa.so*.gye.ya.geul/byo*n.gyo*ng.ha.ryo*.go/ham.
ni.da

我想更改訂座。

▶ 좌석예약을 확인하려고 합니다.
jwa.so*.gye.ya.geul/hwa.gin.ha.ryo*.go/ham.ni.da

我想確認訂位。

▶ 일본에 가는 예약표를 취소하려 합니다.
il.bo.ne/ga.neun/ye.yak.pyo.reul/chwi.so.ha.ryo*/
ham.ni.da

我想取消去日本的預定機票。

▶ 대한항공사의 비행기표를 예약하려 합니다.
de*.han.hang.gong.sa.ui/bi.he*ng.gi.pyo.reul/ye.ya.
ka.ryo*/ham.ni.da

我想預約大韓航空的飛機票。

• track 049

Unit 03 搭機手續

重點單字

탑승수속

tap.sseung.su.so

搭機手續

會話

Ⓐ 지금 탑승수속을 할 수 있습니까?

ji.geum/tap.sseung.su.so.geul/hal/ssu/it.sseum.ni.ga

現在可以辦理登機手續嗎?

Ⓑ 네. 여권하고 티켓 보여 주세요.

ne//yo*.gwon.ha.go/ti.ket/bo.yo*/ju.se.yo

可以,請出示護照與機票。

延伸句型

▶ 어디에서 탑승수속을 해야 하나요?

o*.di.e.so*/tap.sseung.su.so.geul/he*.ya/ha.na.yo

請問要在哪裡辦理登機手續呢?

▶ 퍼스트 클래스 / 비즈니즈 클래스 / 이코노 미 클래스.

po*.seu.teu/keul.le*.seu/bi.jeu.ni.jeu/keul.le*.seu/i. ko.no.mi/keul.le*.seu

頭等艙／商務艙／經濟艙。

Unit 04 要求特定機位

重點單字

창가 좌석

chang.ga/jwa.so*

靠窗位子

會話

Ⓐ 창가 좌석을 부탁합니다.

chang.ga/jwa.so*.geul/bu.ta.kam.ni.da

請給我靠窗的位子。

Ⓑ 네, 알겠습니다.

ne//al.get.sseum.ni.da

好的。

延伸句型

▶ 어떤 자리로 드릴까요?

o*.do*n/ja.ri.ro/deu.ril.ga.yo

您要哪裡的位子？

▶ 통로 쪽 자리로 부탁드려요.

tong.no/jjok/ja.ri.ro/bu.tak.deu.ryo*.yo

請給我靠走道的位子。

▶ 창가 자리로 옮겨도 될까요?

chang.ga/ja.ri.ro/om.gyo*.do/dwel.ga.yo

可以換到靠窗的位子嗎？

• track 051

Unit 05 托運行李

重點單字

짐

jim

行李

會話

Ⓐ 이것도 실을 건가요?

i.go*t.do/si.reul/go*n.ga.yo

這件行李也要托運嗎?

Ⓑ 이건 제가 가져갈 것입니다.

i.go*n/je.ga/ga.jo*.gal/go*.sim.ni.da

這個我要隨身攜帶。

延伸句型

▶ 실을 짐이 있나요?

si.reul/jji.mi/in.na.yo

您有需要托運的行李嗎?

▶ 맡기실 짐은 몇 개입니까?

mat.gi.sil/ji.meun/myo*t/ge*.im.ni.ga

您要托運的行李有幾個呢?

▶ 짐을 하나씩 벨트위로 올려 주십시오.

ji.meul/ha.na.ssik/bel.teu.wi.ro/ol.lyo*/ju.sip.ssi.o

請將行李一個個搬上行李運送帶上。

• track 052

Unit 06 行李超重費用

重點單字

짐 무게

jim/mu.ge

行李重量

會話

Ⓐ 짐 무게가 초과되었습니다.

jim/mu.ge.ga/cho.gwa.dwe.o*t.sseum.ni.da

您的行李超重了。

Ⓑ 그럼 어떻게 해야돼요?

geu.ro*m/o*.do*.ke/he*.ya.dwe*.yo

那該怎麼辦呢?

Ⓐ 초과 부분에 대한 추가 요금을 내야 합니다.

cho.gwa/bu.bu.ne/de*.han/chu.ga/yo.geu.meul/ne*.ya/ham.ni.da

必須交納超重的費用。

Ⓑ 몰랐습니다. 한번 봐 주세요.

mul.lat.sseum.ni.da//han.bo*n/bwa/ju.se.yo

我不知道,請通融一次吧!

延伸句型

▶ 이 짐은 탁송해야 합니다.

i/ji.meun/tak.ssong.he*.ya/ham.ni.da

這件行李需要托運。

• track 053

▶ 짐 안에 깨지기 쉬운 물건은 없습니까?
jim/a.ne/ge*.ji.gi/swi.un/mul.go*.neun/o*p.sseum.
ni.ga
行李內有易碎的物品嗎？

▶ 짐은 얼마를 초과했습니까?
ji.meun/o*l.ma.reul/cho.gwa.he*t.sseum.ni.ga
超重多少呢？

▶ 일인당 무료 수하물은 20킬로인데 지금30
킬로입니다.
i.rin.dang/mu.ryo/su.ha.mu.reun/i.sip.kil.lo.in.de/ji.
geum.sam.sip.kil.lo.im.ni.da
每人可以免費攜帶 20 公斤的物品，但您的物品是 30
公斤。

▶ 비용은 따로 부담하셔야 될 것 같습니다.
bi.yong.eun/da.ro/bu.dam.ha.syo*.ya/dwel/go*t/gat.
sseum.ni.da
您似乎還需要再另外繳納費用。

▶ 이건 제 짐 이름표 입니다.
i.go*n/je/jim/i.reum.pyo/im.ni.da
這是我的行李標籤。

Unit 07 詢問登機時間

重點單字

탑승 시간

tap.sseung/si.gan

登機時間

會話

Ⓐ 탑승 시간은 언제입니까?

tap.sseung/si.ga.neun/o*n.je.im.ni.ga

登機時間是什麼時候？

Ⓑ 12시 30분입니다.

yo*l.du.si.sam.sip.bu.nim.ni.da

12 點 30 分。

延伸句型

▶ 일번 탑승구는 어디에 있어요?

il.bo*n/tap.sseung.gu.neun/o*.di.e/i.sso*.yo

請問 1 號登機門在哪裡？

▶ 탑승구가 어디에 있는지 모르겠어요.

tap.sseung.gu.ga/o*.di.e/in.neun.ji/mo.reu.ge.sso*.yo

我不知道登機門在哪裡。

▶ 이것은 탑승권입니다. 받으십시오.

i.go*.seun/tap.sseung.gwo.nim.ni.da./ba.deu.sip.ssi.o

這是您的登機單，請收下。

▶ 몇 번 탑승문에서 탑승합니까?

myo*t/bo*n/tap.sseung.mu.ne.so*/tap.sseung.ham.ni.ga

在幾號登機門登機？

Unit 08 轉機

重點單字

비행기를 갈아타다.

bi.he*ng.gi.reul/ga.ra.ta.da

轉機

應用句型

▶비행기를 갈아타야 하는데 대기실이 어디에 있어요?

bi.he*ng.gi.reul/ga.ra.ta.ya/ha.neun.de/de*.gi.si.ri/o*.di.e/i.sso*.yo

我要轉機，請問候機室在哪裡呢？

▶저는 비행기를 갈아타고 서울로 가려고 하는데 어디에서 수속을 해야 합니까?

jo*.neun/bi.he*ng.gi.reul/ga.ra.ta.go/so*.ul.lo/ga.ryo*.go/ha.neun.de/o*.di.e.so*/su.so.geul/he*.ya/ham.ni.ga

我要轉機到首爾，要在哪裡辦手續呢？

▶비행기를 갈아 타는데 대기 시간이 하루에요.

bi.he*ng.gi.reul/ga.ra/ta.neun.de/de*.gi/si.ga.ni/ha.ru.e.yo

轉機的候機時間是一整天。

▶비행기를 갈아타는데 어느정도의 시간이 소요되는지 아세요?

bi.he*ng.gi.reul/ga.ra.ta.neun.de/o*.neu.jo*ng.do.ui/si.ga.ni/so.yo.dwe.neun.ji/a.se.yo

你知道轉機要花多久時間嗎？

Unit 09 提領行李

重點單字

수하물 찾기

su.ha.mul/chat.gi

提領行李

會話

Ⓐ 짐은 어디에서 찾아야 돼요?

ji.meun/o*.di.e.so*/cha.ja.ya/dwe*.yo

要在哪裡提取行李呢？

Ⓑ 아래층에서 짐을 찾으십시오.

a.re*.cheung.e.so*/ji.meul/cha.jeu.sip.ssi.o

請在樓下提取行李。

延伸句型

▶너무 무겁습니다. 좀 도와 주시겠습니까?

no*.mu/mu.go*p.sseum.ni.da//jom/do.wa/ju.si.get.
sseum.ni.ga

太重了，麻煩幫忙一下。

▶이 짐은 제 것입니다.

i.ji.meun/je/go*.sim.ni.da

這行李是我的。

▶짐은 벨트위에 있습니다.

ji.meun/bel.teu.wi.e/it.sseum.ni.da

行李在行李傳輸帶上。

• track 057

Unit 10 行李遺失

重點單字

분실 수하물 신고처
bun.sil/su.ha.mul/sin.go.cho*
行李遺失申報處

應用句型

▶죄송하지만 분실 수하물 신고처가 어디에 있나요?
jwe.song.ha.ji.man/bun.sil/su.ha.mul/sin.go.cho*.ga/o*.di.e/in.na.yo
不好意思，請問行李遺失申報處在哪裡？

▶여기가 분실 수하물을 신고하는 곳입니까?
yo*.gi.ga/bun.sil/su.ha.mu.reul/ssin.go.ha.neun/go.sim.ni.ga
這裡是行李遺失申報處嗎？

▶제 짐을 찾을 수가 없습니다.
je/ji.meul/cha.jeul/ssu.ga/o*p.sseum.ni.da
我找不到我的行李。

▶제 가방이 보이지 않습니다.
je/ga.bang.i/bo.i.ji/an.sseum.ni.da
我找不到我的包包。

▶제 짐을 못 찾겠습니다. 어떡해요?
je/ji.meul/mot/chat.get.sseum.ni.da./o*.do*.ke*.yo
我找不到我的行李，怎麼辦？

Unit 11 登記行李遺失

重點單字

수하물표
su.ha.mul.pyo
行李單

應用句型

▶ 수하물표 좀 보여 주시겠어요?
su.ha.mul.pyo/jom/bo.yo*/ju.si.ge.sso*.yo
請您出示行李單。

▶ 제 짐을 찾으면 저에게 바로 연락해 주실 거예요?
je/ji.meul/cha.jeu.myo*n/jo*.e.ge/ba.ro/yo*l.la.ke*/ju.sil.go*.ye.yo
如果找到我的行李,會馬上通知我嗎?

▶ 제 짐을 못 찾으면 어떡해요?
je/ji.meul/mot/cha.jeu.myo*n/o*.do*.ke*.yo
萬一你們找不到我的行李怎麼辦?

▶ 제 짐을 찾으면 서울호텔로 연락해 주세요.
je/ji.meun/cha.jeu.myo*n/so*.ul.ho.tel.ro/yo*l.la.ke*/ju.se.yo
如果找到我的行李,請聯絡首爾飯店。

▶ 분실증명서 만들어 주세요.
bun.sil.jeung.myo*ng.so*/man.deu.ro*/ju.se.yo
請開行李遺失證明書給我。

• track 059

Unit 12 換錢

重點單字

환전

hwan.jo*n

換錢

會話

Ⓐ 환전을 하고 싶은데요.

hwan.jo*.neul/ha.go/si.peun.de.yo

我想要換錢。

Ⓑ 얼마를 바꿔 드릴까요?

o*l.ma.reul/ba.gwo/deu.ril.ga.yo

要幫您換多少錢呢？

Ⓐ 오늘 일 달러에 몇원이에요?

o.neul/il/dal.lo*.e/myo*.chwo.ni.e.yo

今天一美元兌換多少韓元呢？

Ⓑ 오늘 일 달러에 1400원입니다.

o.neul/il/dal.lo*.e/cho*n.sa.be*.gwo.nim.ni.da

今天一美元可以兌換 1400 韓元。

Ⓐ 천 달러를 환전 주세요.

cho*n/dal.lo*.reul/hwan.jo*n/ju.se.yo

請幫我換一千美金。

延伸句型

▶ 어디서 환전할 수 있지요?

o*.di.so*/hwan.jo*n.hal/ssu/it.jji.yo

哪裡可以換錢呢？

▶ 환전하는 곳이 어디인가요?
hwan.jo*n.ha.neun/go.si/o*.di.in.ga.yo
換錢的地方在哪裡呢？

▶ 여기서 돈을 환전할 수 있어요?
yo*.gi.so*/do.neul/hwan.jo*n.hal/ssu/i.sso*.yo
這裡可以換錢嗎？

▶ 오늘 환율이 얼마입니까?
o.neul/hwa.nyu.ri/o*l.ma.im.ni.ga
今天的匯率是多少？

▶ 돈 좀 환전해 주세요.
don/jom/hwan.jo*n.he*/ju.se.yo
請幫我換錢。

▶ 얼마 환전하시겠습니까?
o*l.ma/hwan.jo*n.ha.si.get.sseum.ni.ga
您要換多少錢呢？

▶ 금액 확인해 보세요.
geu.me*k/hwa.gin.he*/bo.se.yo
請確認金額。

Unit 13 兌換成韓幣

重點單字

한국돈
han.guk.don
韓幣

應用句型

▶ 달러를 한국돈으로 환전해 주세요.
dal.lo*.reul/han.guk.do.neu.ro/hwan.jo*n.he*/ju.se.yo
請幫我將美金換成韓幣。

▶ 모두 오천원짜리로 바꿔 주세요.
mo.du/o.cho*n.won.jja.ri.ro/ba.gwo/ju.se.yo
請全部幫我換成 5 千元紙鈔。

▶ 대만돈을 한국돈으로 환전 할 수 있어요?
de*.man.do.neul/han.guk.do.neu.ro/hwan.jo*n/hal/
ssu/i.sso*.yo/
可以將台幣換成韓幣嗎？

▶ 여기 140만 원입니다. 확인해 보세요.
yo*.gi/be*k.ssa.sim.man/wo.nim.ni.da///hwa.gin.
he*/bo.se.yo
好的，這裡是 140 萬韓元，請確認。

▶ 영수증을 주세요.
yo*ng.su.jeung.eul/jju.se.yo
請給我收據。

▶ 잔돈으로 주세요.
jan.do.neu.ro/ju.se.yo
請給我零錢。

Unit 14 在飛機上找座位

重點單字

좌석을 찾다.

jwa.so*.geul/chat.da

找座位

應用句型

▶ 저기요, 제 자리는 어디죠?

jo*.gi.yo///je/ja.ri.neun/o*.di.jyo

小姐，請問我的座位在哪裡？

▶ 제 자리는 5열 A석입니다.

je/ja.ri.neun/o.yo*l/Aso*.gim.ni.da

我的座位是 5 排 A 座。

▶ 자리를 잘못 앉아서 죄송합니다.

ja.ri.reul/jjal.mot/an.ja.so*/jwe.song.ham.ni.da

我坐錯位子了，對不起。

▶ 여기에 앉아도 되겠습니까?

yo*.gi.e/an.ja.do/dwe.get.sseum.ni.ga

我可以坐在這裡嗎？

▶ 여기는 제 자리인 것 같은데요.

yo*.gi.neun/je/ja.ri.in/go*t/ga.teun.de.yo

這裡好像是我的位子。

• track 063

Unit 15 在飛機上點餐

重點單字

식사

sik.ssa

餐點

會話

A 식사는 소고기와 생선이 있습니다. 어느 것으로 하시겠어요?

sik.ssa.neun/so.go.gi.wa/se*ng.so*.ni/it.sseum.ni. da//o*.neu/go*.seu.ro/ha.si.ge.sso*.yo

餐點有牛肉和海鮮。您要哪一種呢？

B 생선으로 주세요.

se*ng.so*.neu.ro/ju.se.yo

請給我海鮮。

A 음료수는 물, 주스, 맥주, 콜라, 녹차가 있습니다. 뭘 드릴까요?

eum.nyo.su.neun/mul/ju.seu/me*k.jju/kol.la/nok. cha.ga/it.sseum.ni.da//mwol/deu.ril.ga.yo

飲料有水、果汁、啤酒、可樂和綠茶，您要什麼呢？

B 사과 주스로 주세요.

sa.gwa/ju.seu.ro/ju.se.yo

請給我蘋果汁。

A 네. 알겠습니다.

ne//al.get.sseum.ni.da

好的。

延伸句型

▶뜨거운 커피 한잔 주세요.
deu.go*.un/ko*.pi/han.jan/ju.se.yo
請給我一杯熱咖啡。

▶물 좀 주시겠어요?
mul/jom/ju.si.ge.sso*.yo
可以給我一杯水嗎?

▶담요 좀 주시겠어요?
dam.nyo/jom/ju.si.ge.sso*.yo
可以給我毛毯嗎?

▶죄송하지만 자리 좀 바꿔도 될까요?
jwe.song.ha.ji.man/ja.ri/jom/ba.gwo.do/dwel.ga.yo
不好意思,我可以換個位子嗎?

▶기내에서 점심이 제공됩니까?
gi.ne*.e.so*/jo*m.si.mi/je.gong.dwem.ni.ga
飛機上供應午餐嗎?

▶비행기 멀미가 납니다. 약 좀 주십시오.
bi.he*ng.gi/mo*l.mi.ga/nam.ni.da./yak/jom/ju.sip.
ssi.o
我暈機了,請給我一點藥。

• track 065

Unit 16 機內服務

重點單字

면세품

myo*n.se.pum

免稅商品

會話

Ⓐ 저기요, 면세품을 사고 싶어요.

jo*.gi.yo//myo*n.se.pu.meul/ssa.go/si.po*.yo

小姐，我想買免稅商品。

Ⓑ 원하시는 상품이 있습니까?

won.ha.si.neun/sang.pu.mi/it.sseum.ni.ga

您有想買的商品嗎？

Ⓐ 이 샴수 세트로 주세요.

i/syam.su/se.teu.ro/ju.se.yo

請給我這香水組合。

Ⓑ 네. 알겠습니다.

ne//al.get.sseum.ni.da

好的。

延伸句型

▶ 신문 좀 갖다 주세요.

sin.mun/jom/gat.da/ju.se.yo

請給我份報紙。

▶ 출입국신고서 필요하세요?

chu.rip.guk.ssin.go.so*/pi.ryo.ha.se.yo

有需要出入境申請表嗎？

• track 066

▶승객님, 이 세관 신고서를 작성해 주세요.
seung.ge*ng.nim//i/se.gwan/sin.go.so*.reul/jjak.
sso*ng.he*/ju.se.yo
乘客，請您填寫這張報關單。

▶우린 지금 어디로 비행하고 있습니까?
u.rin/ji.geum/o*.di.ro/bi.he*ng.ha.go/it.sseum.ni.ga
我們現在飛到哪裡了？

▶기내에서 면세품을 팝니까?
gi.ne*.e.so*/myo*n.se.pu.meul/pam.ni.ga
飛機上有賣免稅商品嗎？

▶어떻게 이 서식에 기입하는지 좀 가르쳐
주십시오.
o*.do*.ke/i/so*.si.ge/gi.i.pa.neun.ji/jom/ga.reu.cho*
/ju.sip.ssi.o
請教我如何填寫這份表格。

• track 067

Unit 17 入境檢查 1

重點單字

입국검사

ip.guk.go*m.sa

入境檢查

會話

🅐 여권을 보여 주세요.

yo*.gwo.neul/bo.yo*/ju.se.yo

請出示護照。

🅑 여기 있습니다.

yo*.gi/it.sseum.ni.da

在這裡。

🅐 어디에서 오셨습니까?

o*.di.e.so*/o.syo*t.sseum.ni.ga

您從哪裡來呢?

🅑 대만에서 왔습니다.

de*.ma.ne.so*/wat.sseum.ni.da

我從台灣來。

🅐 한국에는 무슨 일로 오셨습니까?

han.gu.ge.neun/mu.seun/il.lo/o.syo*t.sseum.ni.ga

您為了什麼事情來韓國呢?

🅑 관광때문입니다.

gwan.gwang.de*.mu.nim.ni.da

來觀光。

延伸句型

▶여권 좀 보여 주시겠습니까?
yo*.gwon/jom/bo.yo*/ju.si.get.sseum.ni.ga
請把護照讓我看一下。

▶저는 대만에서 온 여행객입니다.
jo*.neun/de*.ma.ne.so*/on/yo*.he*ng.ge*.gim.ni.da
我是從台灣來的遊客。

▶방문 목적은 무엇입니까?
bang.mun/mok.jjo*.geun/mu.o*.sim.ni.ga
來韓國的目的是什麼呢？

▶사업때문입니다.
sa.o*p.de*.mu.nim.ni.da
來做生意。

▶연수하러 왔어요.
yo*n.su.ha.ro*/wa.sso*.yo
來進修。

• track 069

Unit 18 入境檢查 2

重點單字

호텔

ho.tel

飯店

會話

A 한국에 처음 오셨습니까?

han.gu.ge/cho*.eum/o.syo*t.sseum.ni.ga

第一次來韓國嗎？

B 네, 그렇습니다.

ne//geu.ro*.sseum.ni.da

是的。

A 얼마나 머물 예정입니까?

o*l.ma.na/mo*.mul/ye.jo*ng.im.ni.ga

您要在這裡待多久呢？

B 일주일 있을 겁니다.

il.ju.il/i.sseul/go*m.ni.da

待一星期。

A 어디서 묵으실 건가요?

o*.di.so*/mu.geu.sil/go*n.ga.yo

你要住在哪裡呢？

B 한국 호텔에서 묵을 예정입니다.

han.guk/ho.te.re.so*/mu.geul/ye.jo*ng.im.ni.da

我打算住在韓國飯店。

延伸句型

▶한국에 언제까지 계실 겁니까?
han.gu.ge/o*n.je.ga.ji/gye.sil/go*m.ni.ga
打算在韓國待多久呢？

▶얼마 동안 체류하실 겁니까?
o*l.ma/dong.an/che.ryu.ha.sil/go*m.ni.ga
打算在這待多久呢？

▶삼일동안 머물 겁니다.
sa.mil.dong.an/mo*.mul.go*m.ni.da
待三天。

▶친구집에 묵을 예정입니다.
chin.gu.ji.be/mu.geul/ye.jo*ng.im.ni.da
打算住在朋友家。

▶서울에 얼마나 머무를 계획입니까?
so*.u.re/o*l.ma.na/mo*.mu.reul/gye.hwe.gim.ni.ga
您將在首爾停留多久？

▶서울 호텔에 묵으려고 합니다.
so*.ul/ho.te.re/mu.geu.ryo*.go/ham.ni.da
我將住在首爾飯店。

• track 071

Unit 19 海關

重點單字

세관

se.gwan

海關

會話

🅐 신고할 물건이 있습니까?

sin.go.hal/mul.go*.ni/it.sseum.ni.ga

有要申報的東西嗎?

🅑 없습니다.

o*p.sseum.ni.da

沒有。

🅐 가방을 열어 주십시오.

ga.bang.eul/yo*.ro*/ju.sip.ssi.o

請打開皮包。

🅑 모두 제 개인용품입니다.

mo.du/je/ge*.i.nyong.pu.mim.ni.da

全都是我的個人用品。

🅐 이것은 무엇입니까?

i.go*.seun/mu.o*.sim.ni.ga

這是什麼?

🅑 가족에게 줄 선물입니다.

ga.jo.ge.ge/jul/so*n.mu.rim.ni.da

給家人的禮物。

• track 072

Ⓐ 그것은 무엇입니까?

geu.go*.seun/mu.o*.sim.ni.ga

那是什麼？

Ⓑ 기념품입니다.

gi.nyo*m.pu.mim.ni.da

紀念品。

Ⓐ 됐습니다. 안녕히 가십시오.

dwe*t.sseum.ni.da//an.nyo*ng.hi.ga.sip.ssi.o

可以了，請慢走。

Ⓑ 감사합니다.

gam.sa.ham.ni.da

謝謝。

(延伸句型)

▶ 신고서를 주십시오.

sin.go.so*.reul/jju.sip.ssi.o

請給我申請書。

▶ 가방을 좀 열어 봐도 되겠습니까?

ga.bang.eul/jjom/yo*.ro*/bwa.do/dwe.get.sseum.ni.

ga

可以請您打開包包嗎？

▶ 핸드백 좀 보여 주시겠습니까?

he*n.deu.be*k/jom/bo.yo*.ju.si.get.sseum.ni.ga

可以請您打開手提包嗎？

▶ 안에 유리 그릇이 몇 개 있습니다.

a.ne/yu.ri/geu.reu.si/myo*t/ge*/it.sseum.ni.da

裡面有幾個玻璃器皿。

▶위험한 물건은 없습니까?
wi.ho*m.han/mul.go*.neun/o*p.sseum.ni.ga
有危險的物品嗎？

▶협조해 주셔서 감사합니다.
hyo*p.jjo.he*/ju.syo*.so*/gam.sa.ham.ni.da
感謝您的協助。

▶신고해야 할 물건이 있습니까?
sin.go.he*.ya/hal/mul.go*.ni/it.sseum.ni.ga
您有沒有需要申報的物品？

▶이것은 대략 200달러 어치입니다.
i.go*.seun/de*.ryak/i.be*k.dal.lo*/o*.chi.im.ni.da
這大約價值 200 美元。

▶이것은 대만에 가져갈 기념품입니다.
i.go*.seun/de*.ma.ne/ga.jo*.gal/gi.nyo*m.pu.mim.
ni.da
這是我要帶回台灣的紀念品。

▶술을 두 병 가지고 있습니다.
su.reul/du/byo*ng/ga.ji.go/it.sseum.ni.da
我有帶兩瓶酒。

▶저는 3000달러짜리 여행자 수표를 가지고
있습니다.
jo*.neun/sam.cho*n.dal.lo*.jja.ri/yo*.he*ng.ja/su.
pyo.reul/ga.ji.go/it.sseum.ni.da
我有帶 3000 美元的旅行支票。

▶그것은 모두 휴대품입니다.
geu.go*.seun/mo.du/hyu.de*.pu.mim.ni.da
那些都是我隨身的用品。

• track 074

Unit 20 機場服務台

重點單字

공항 안내소

gong.hang/an.ne*.so

機場服務台

會話

Ⓐ 어서 오십시오. 뭘 도와 드릴까요?
o*.so*/o.sip.ssi.o//mwol/do.wa.deu.ril.ga.yo
您好，能幫您的忙嗎？

Ⓑ 혹시 중국어로 된 서울지도 있나요?
hok.ssi/jung.gu.go*.ro/dwen/so*.ul.ji.do/in.na.yo
請問這裡有中文版的首爾地圖嗎？

Ⓐ 네. 여기 있습니다.
ne//yo*.gi/it.sseum.ni.da.
有的，在這裡。

Ⓑ 그리고 여기서 호텔 예약을 할 수 있나요?
geu.ri.go/yo*.gi.so*/ho.tel/ye.ya.geul/hal/ssu/in.na.yo
還有，這裡可以預約飯店嗎？

Ⓐ 어떤 호텔을 원하세요?
o*.do*n/ho.te.reul/won.ha.se.yo
您要哪種飯店呢？

Ⓑ 동대문 근처 호텔로 해 주세요.
dong.de*.mun/geun.cho*/ho.tel.lo/he*/ju.se.yo
請幫我預約東大門附近的飯店。

• track 075

A 가격은 얼마정도 예상하세요?

ga.gyo*.geun/o*l.ma.jo*ng.do/ye.sang.ha.se.yo

您的預算是多少呢?

B 아침 식사까지 포함된 싼 호텔이 있나요?

a.chim/sik.ssa.ga.ji/po.ham.dwen/ssan/ho.te.ri/in.na.yo

有包含早餐的便宜飯店嗎?

A 하루 50불정도면 어떨까요?

ha.ru/o.sip.bul.jo*ng.do.myo*n/o*.do*l.ga.yo

一天 50 美元可以嗎?

B 좋아요. 이 호텔로 예약해 주세요.

jo.a.yo//i/ho.tel.lo/ye.ya.ke*/ju.se.yo

好的,請幫我預約這家飯店。

A 네. 알겠습니다.

ne//al.get.sseum.ni.da

好的。

延伸句型

▶ 호텔을 예약하고 싶어요.

ho.te.reul/ye.ya.ka.go/si.po*.yo

我想要預約飯店。

▶ 전국지도 있나요?

jo*n.guk.jji.do/in.na.yo

請問有全國地圖嗎?

▶ 더 싼 방은 없습니까?

do*/ssan/bang.eun/o*p.sseum.ni.ga

有更便宜一點的房間嗎?

▶어떤 곳을 원하세요?
o*.do*n/go.seul/won.ha.se.yo
您想要哪種地方呢？

▶어디서 핸드폰을 대여할 수 있지요?
o*.di.so*/he*n.deu.po.neul/de*.yo*.hal/ssu/it.jji.yo
哪裡可以租手機呢？

▶호텔에 가려면 어떻게 가죠?
ho.te.re/ga.ryo*.myo*n/o*.do*.ke/ga.jyo
要怎麼去飯店呢？

▶택시나 공항버스를 이용하세요.
te*k.ssi.na/gong.hang.bo*.seu.reul/i.yong.ha.se.yo
請利用計程車或機場巴士。

▶싸고 좋은 호텔로 소개해 주세요.
ssa.go/jo.eun/ho.tel.lo/so.ge*.he*/ju.se.yo
請介紹便宜又好的飯店。

▶이 가격은 봉사료도 포함된 가격인가요?
i/ga.gyo*.geun/bong.sa.ryo.do/po.ham.dwen/ga.gyo*.gin.ga.yo
這價格也包含服務費嗎？

▶관광안내자료를 얻고 싶어요.
gwan.gwang.an.ne*.ja.ryo.reul/o*t.go/si.po*.yo
我想索取觀光指南的資料。

▶공항버스는 어디서 타야 돼요?
gong.hang.bo*.seu.neun/o*.di.so*/ta.ya/dwe*.yo
要去哪裡搭機場巴士呢？

▶실례하지만 공항버스표를 파는 곳이 어딘
가요?

sil.lye.ha.ji.man/gong.hang.bo*.seu.pyo.reul/pa.
neun/go.si/o*.din.ga.yo

不好意思，請問賣機場巴士車票的地方在哪裡呢？

▶여기 나가서 오른쪽으로 가시면 표를 파
는 곳이 보일 겁니다.

yo*.gi/na.ga.so*/o.reun.jjo.geu.ro/ga.si.myo*n/pyo.
reul/pa.neun/go.si/bo.il/go*m.ni.da.

從這裡出去後，向右轉你就會看到賣票的地方。

▶중국어로 된 관광안내자료를 구하러 왔는
데요.

jung.gu.go*.ro/dwen/gwan.gwang.an.ne*.ja.ryo.
reul/gu.ha.ro*/wan.neun.de.yo

我要拿中文版的觀光指南資料。

▶시내까지 어떻게 가나요?

si.ne*.ga.ji/o*.do*.ke/ga.na.yo

該怎麼去市區呢？

Chapter 3

抵達飯店

Unit 01 詢問空房

重點單字

빈 방

bin/bang

空房

會話

Ⓐ 빈 방 있습니까?

bin/bang/it.sseum.ni.ga

有空房間嗎?

Ⓑ 네, 방 있습니다. 어떤 방을 원하시나요?

ne//bang/it.sseum.ni.da//o*.do*n/bang.eul/won.ha.
si.na.yo

有的,您要哪種房間呢?

Ⓐ 1인실로 주세요.

i.rin.sil.lo/ju.se.yo

請給我單人房。

Ⓑ 성함이 어떻게 되십니까?

so*ng.ha.mi/o*.do*.ke/dwe.sim.ni.ga

請問您貴姓大名。

Ⓐ 장나라입니다.

jang.na.ra.im.ni.da

張娜拉。

Ⓑ 네. 열쇠 여기있습니다.

ne//yo*l.swe/yo*.gi.it.sseum.ni.da

好的,這是您的鑰匙。

延伸句型

▶두 사람 묵을 방이 있나요?
du/sa.ram/mu.geul/bang.i/in.na.yo
有兩人的房間嗎?

▶아직 빈 방이 있습니까?
a.jik/bin/bang.i/it.sseum.ni.ga
還有空房間嗎?

▶욕실이 있는 방을 주세요.
yok.ssi.ri/in.neun/bang.eul/jju.se.yo
請給我有浴室的房間。

▶열쇠를 주세요.
yo*l.swe.reul/jju.se.yo
請給我鑰匙。

▶이인실을 원합니다.
i.in.si.reul/won.ham.ni.da
我要雙人房。

▶전망이 좋은 방을 주세요.
jo*n.mang.i/jo.eun/bang.eul/jju.se.yo
請給我視野好的房間。

Unit 02 訂房

重點單字

방을 예약하다.

bang.eul/ye.ya.ka.da

訂房

會話

A 어서 오십시오. 무엇을 도와 드릴까요?

o*.so*/o.sip.ssi.o//mu.o*.seul/do.wa.deu.ril.ga.yo

歡迎光臨，能幫您什麼忙？

B 방을 예약하고 싶습니다.

bang.eul/ye.ya.ka.go/sip.sseum.ni.da

我想預約房間。

A 어떤 방을 드릴까요?

o*.do*n/bang.eul/deu.ril.ga.yo

您要哪種房間？

B 조용한 이인실을 주세요.

jo.yong.han/i.in.si.reul/jju.se.yo

請給我安靜的雙人房。

A 며칠 묵을 겁니까?

myo*.chil/mu.geul/go*m.ni.ga

要待多久呢？

B 5일 묵을 겁니다.

o.il/mu.geul/go*m.ni.da

待 5 天。

延伸句型

▶ 어서 오세요. 예약하셨습니까?
o*.so*/o.se.yo//ye.ya.ka.syo*t.sseum.ni.ga
歡迎光臨，預約過了嗎？

▶ 아니요. 예약하지 않았습니다.
a.ni.yo//ye.ya.ka.ji/a.nat.sseum.ni.da
沒有，沒有預約。

▶ 예, 일주일 전에 예약했어요.
ye//il.ju.il/jo*.ne/ye.ya.ke*.sso*.yo
是的，一週前預約過了。

▶ 호텔을 예약하고 싶어요.
ho.te.reul/ye.ya.ka.go/si.po*.yo
我想預約飯店。

▶ 어떤 곳을 원하세요?
o*.do*n/go.seul/won.ha.se.yo
您要哪個地方呢？

• track 082

Unit 03 推薦其他飯店

重點單字

소개하다

so.ge*.ha.da

介紹

會話

Ⓐ 방 하나 예약할 수 있습니까?

bang/ha.na/ye.ya.kal/ssu/it.sseum.ni.ga

我可以預約一間房嗎?

Ⓑ 죄송합니다. 지금 빈 방이 없습니다.

jwe.song.ham.ni.da//ji.geum/bin/bang.i/o*p.sseum.
ni.da

對不起,現在沒有空房間。

Ⓐ 그럼 이 근처 좋은 호텔을 소개해 주시
겠습니까?

geu.ro*m/i/geun.cho*/jo.eun/ho.te.reul/sso.ge*.he*/
ju.si.get.sseum.ni.ga

那可以介紹這附近不錯的飯店嗎?

延伸句型

▶ 요즘은 호텔이 항상 만원입니다.

yo.jeu.meun/ho.te.ri/hang.sang/ma.nwo.nim.ni.da

最近飯店經常客滿。

▶ 이 근처에 교통이 편리한 호텔이 있습니까?

i/geun.cho*.e/gyo.tong.i/pyo*l.li.han/ho.te.ri/it.
sseum.ni.ga

這附近有交通便利的飯店嗎?

● track 083

▶ 명동에 가까운 호텔을 소개해 주십시오.
myo*ng.dong.e/ga.ga.un/ho.te.reul/sso.ge*.he*/ju.sip.ssi.o

請介紹明洞附近的飯店。

▶ 오성급 호텔 좀 소개해 주십시오.
o.so*ng.geup/ho.tel/jom/so.ge*.he*/ju.sip.ssi.o

請介紹五星級的飯店。

▶ 값이 싼 호텔을 소개해 주세요.
gap.ssi/ssan/ho.te.reul/sso.ge*.he*/ju.se.yo

請介紹價格便宜的飯店。

▶ 하루 40달러 이하인 호텔을 좀 소개해 주세요.
ha.ru/sa.sip.dal.lo*/i.ha.in/ho.te.reul/jjom/so.ge*.he*/ju.se.yo

請介紹一天 40 美元以下的飯店。

• track 084

Unit 04 詢問房價

重點單字

얼마예요?

o*l.ma.ye.yo

多少錢?

會話

A 하룻밤에 얼마입니까?

ha.rut.ba.me/o*l.ma.im.ni.ga

住一個晚上多少錢?

B 하루에 육십 달러입니다.

ha.ru.e/yuk.ssip/dal.lo*.im.ni.da

一天 60 美元。

A 세금과 서비스료가 포함되었습니까?

se.geum.gwa/so*.bi.seu.ryo.ga/po.ham.dwe.o*t.
sseum.ni.ga

包括稅金和服務費嗎?

B 네. 그렇습니다.

ne//geu.ro*.sseum.ni.da

是的,沒錯。

A 좋아요. 예약해 주세요.

jo.a.yo//ye.ya.ke*/ju.se.yo

好的,請幫我預約。

延伸句型

▶ 가격은 얼마정도 예상하세요?

ga.gyo*.geun/o*l.ma.jo*ng.do/ye.sang.ha.se.yo

您的預算是多少呢?

▶ 하루에 얼마죠?
ha.ru.e/o*l.ma.jyo
一天多少錢呢？

▶ 하루에 40불 정도면 좋겠어요.
ha.ru.e/sa.sip.bul/jo*ng.do.myo*n/jo.ke.sso*.yo
希望一天差不多是 40 美元左右。

▶ 방값은 하루에 얼마예요?
bang.gap.sseun/ha.ru.e/o*l.ma.ye.yo
住宿費一天多少錢呢？

▶ 서비스료와 세금은 따로 내야 합니까?
so*.bi.seu.ryo.wa/se.geu.meun/da.ro/ne*.ya.ham.ni.
ga
需要另外付服務費與稅金嗎？

▶ 이인실은 하루에 얼마입니까?
i.in.si.reun/ha.ru.e/o*l.ma.im.ni.ga
雙人房一天要多少錢呢？

▶ 하루 숙박료가 얼마입니까?
ha.ru/suk.bang.nyo.ga/o*l.ma.im.ni.ga
一天的住宿費多少呢？

•track 086

Unit 05 房價包括的項目

重點單字

아침식사

a.chim.sik.ssa

早餐

會話

A 이 가격은 아침식사도 포함된 가격입니까?

i.ga.gyo*.geun/a.chim.sik.ssa.do/po.ham.dwen/ga.gyo*k/im.ni.ga

這價格有包含早餐嗎？

B 네.

ne

有的。

A 방 안에 냉장고가 있습니까?

bang/a.ne/ne*ng.jang.go.ga/it.sseum.ni.ga

房間裡有冰箱嗎？

B 방마다 냉장고, TV, 전화기등이 있습니다.

bang.ma.da/ne*ng.jang.go/TV/jo*n.hwa.gi.deung.i/it.sseum.ni.da

每間房間都有冰箱、電視與電話。

延伸句型

▶호텔 안에 식당이 있습니까?

ho.tel/a.ne/sik.dang.i/it.sseum.ni.ga

飯店裡有餐廳嗎？

▶방 안에 에어컨이 있습니까?
bang/a.ne/e.o*.ko*.ni/it.sseum.ni.ga
房間裡有空調嗎？

▶룸 서비스 됩니까?
rum/so*.bi.seu/dwem.ni.ga
有客房服務嗎？

▶무료 아침식사가 있습니까?
mu.ryo/a.chim.sik.ssa.ga/it.sseum.ni.ga
有免費的早餐嗎？

▶냉장고 안에 음료수가 있습니까?
ne*ng.jang.go/a.ne/eum.nyo.su.ga/it.sseum.ni.ga
冰箱裡有飲料嗎？

▶이곳은 아침 식사를 제공합니까?
i.go.seun/a.chim/sik.ssa.reul/jje.gong.ham.ni.ga
這裡有提供早餐嗎？

Unit 06 提供房間鑰匙

重點單字

열쇠

yo*l.swe

鑰匙

會話

🅐 지금 체크인하고 싶습니다.

ji.geum/che.keu.in.ha.go/sip.sseum.ni.da

我現在要入住。

🅑 예약확인서 보여 주세요.

ye.ya.kwa.gin.so*/bo.yo*/ju.se.yo

請給我看訂單。

🅐 네. 여기 있습니다.

ne//yo*.gi.it.sseum.ni.da

好的,在這裡。

🅑 키 여기 있습니다. 210호실입니다.

ki/yo*.gi/it.sseum.ni.da//i.be*k.ssi.po.si.rim.ni.da

這是鑰匙,210 號房。

延伸句型

▶ 죄송합니다. 제가 열쇠를 잃어 버렸어요.

jwe.song.ham.ni.da//je.ga/yo*l.swe.reul/i.ro*.bo*.ryo*.sso*.yo

對不起,我把鑰匙弄丟了。

▶ 열쇠를 방안에 뒀습니다.

yo*l.swe.reul/bang.a.ne/dwot.sseum.ni.da

我把鑰匙留在房間裡面了。

▶ 이미 방을 예약했습니다. 열쇠를 주세요.
i.mi/bang.eul/ye.ya.ke*t.sseum.ni.da//yo*l.swe.reul/
jju.se.yo

我已經預約好房間了，請給我鑰匙。

▶ 제 짐을 방으로 옮겨 주시겠습니까?
je/ji.meul/bang.eu.ro/om.gyo*/ju.si.get.sseum.ni.ga

可以幫我把行李搬到房間嗎？

▶ 체크인 수속을 하려고 합니다.
che.keu.in.su.so.geul/ha.ryo*.go/ham.ni.da

我想辦理入住手續。

•track 090

Unit 07 客房服務

重點單字

룸 서비스
rum/so*.bi.seu
客房服務

會 話

Ⓐ 룸서비스입니다. 무엇을 도와 드릴까요?
rum.so*.bi.seu.im.ni.da//mu.o*.seul/do.wa/deu.ril.
ga.yo

客房服務您好，有什麼需要幫忙嗎？

Ⓑ 여보세요? 여기는 210호실인데요. 방 좀
정리해 주세요.
yo*.bo.se.yo//yo*.gi.neun/i.be*k.ssi.po.si.rin.de.yo/
/bang/jom/jo*ng.ni.he*/ju.se.yo

喂？這裡是 210 號房。請幫我整理一下房間。

Ⓐ 네, 알겠습니다. 다른 필요 하신 거 없으
세요?
ne//al.get.sseum.ni.da//da.reun/pi.ryo/ha.sin.go*/o*
p.sseu.se.yo

好的，還需要其他的服務嗎？

Ⓑ 그리고 맥주 두병 갖다 주세요.
geu.ri.go/me*k.jju/du.byo*ng/gat.da/ju.se.yo

還有請送兩瓶啤酒過來。

Ⓐ 네, 바로 준비해 드리겠습니다.
ne//ba.ro/jun.bi.he*/deu.ri.get.sseum.ni.da

好的，馬上為您準備。

延伸句型

▶ 룸 서비스를 부탁합니다.
rum/so*.bi.seu.reul/bu.ta.kam.ni.da
我要客房服務。

▶ 귀중품을 맡기고 싶습니다.
gwi.jung.pu.meul/mat.gi.go/sip.sseum.ni.da
我想寄放貴重物品。

▶ 아침식사 일인분 부탁합니다.
a.chim.sik.ssa/i.rin.bun/bu.ta.kam.ni.da
請給我一份早餐。

▶ 무엇을 준비해 드릴까요?
mu.o*.seul/jjun.bi.he*/deu.ril.ga.yo
要為您準備些什麼呢？

▶ 샌드위치와 커피 한잔 주세요.
se*n.deu.wi.chi.wa/ko*.pi/han.jan/ju.se.yo
請給我三明治和一杯咖啡。

▶ 서비스가 만족스럽습니다.
so*.bi.seu.ga/man.jok.sseu.ro*p.sseum.ni.da
你們的服務令人滿意。

▶ 아침식사 방으로 갖다 주세요.
a.chim.sik.ssa/bang.eu.ro/gat.da/ju.se.yo
請把早餐送到我房間來。

• track 092

Unit 08 早上叫醒服務

重點單字

모닝콜 서비스

mo.ning.kol/so*.bi.seu

叫醒服務

會話

A 룸서비스입니다.

rum.so*.bi.seu.im.ni.da

客房服務您好？

B 여기는 210호실입니다. 모닝콜 서비스가 있습니까?

yo*.gi.neun/i.be*k.ssi.po.si.rim.ni.da///mo.ning.kol/so*.bi.seu.ga/it.sseum.ni.ga

這裡是 210 號房。請問有叫醒的服務嗎？

A 네, 물론입니다. 아침 몇 시에 깨워 드릴까요?

ne//mul.lo.nim.ni.da///a.chim/myo*t/si.e/ge*.wo/deu.ril.ga.yo

當然有，早上要幾點叫醒您呢？

B 내일 아침 일곱시에 깨워주세요.

ne*.il/a.chim/il.gop.ssi.e/ge*.wo.ju.se.yo

請明天早上 7 點叫醒我。

A 네, 알겠습니다.

ne//al.get.sseum.ni.da

好的。

Unit 09 衣物送洗

重點單字

세탁 서비스

se.tak/so*.bi.seu

洗衣服務

會話

Ⓐ 여기 세탁 서비스가 있습니까?

yo*.gi/se.tak/so*.bi.seu.ga/it.sseum.ni.ga

這裡有洗衣服務嗎？

Ⓑ 네, 있습니다.

ne//it.sseum.ni.da

有的。

Ⓐ 옷 세탁을 부탁하고 싶은데요.

ot/se.ta.geul/bu.ta.ka.go/si.peun.de.yo

我想要洗衣服。

Ⓑ 알겠습니다. 바로 처리해 드리겠습니다.

al.get.sseum.ni.da//ba.ro/cho*.ri.he*/deu.ri.get.

sseum.ni.da

好的，馬上幫您處理。

延伸句型

▶ 옷은 언제 찾아올 수 있을까요?

o.seun/o*n.je/cha.ja.ol/su/i.sseul.ga.yo

何時可以取回衣服呢？

▶ 여기는 세탁이 되나요?

yo*.gi.neun/se.ta.gi/dwe.na.yo

這裡可以洗衣服嗎？

▶제 바지를 세탁하러 보내줄 수 있습니까?
je/ba.ji.reul/sse.ta.ka.ro*/bo.ne*.jul/su/it.sseum.ni.ga

可以幫我送洗褲子嗎？

▶이 양복을 다려 주실 수 있습니까?
i/yang.bo.geul/da.ryo*/ju.sil/su/it.sseum.ni.ga

可以幫我熨燙這件西裝嗎？

▶세탁비는 따로 내셔야 합니다.
se.tak.bi.neun/da.ro/ne*.syo*.ya/ham.ni.da

洗衣費必須要額外支付。

• track 095

Unit 10 在房間打電話

重點單字

국제전화

guk.jje.jo*n.hwa

國際電話

會話

A 안녕하세요? 교환입니다.

an.nyo*ng.ha.se.yo///gyo.hwa.nim.ni.da

您好，這裡是總機。

B 국제전화를 하려고 합니다. 어떻게 걸어
야 합니까?

guk.jje.jo*n.hwa.reul/ha.ryo*.go/ham.ni.da//o*.do*.
ke/go*.ro*.ya/ham.ni.ga

我想撥打國際電話，該怎麼做呢？

A 어디에 하시겠습니까?

o*.di.e/ha.si.get.sseum.ni.ga

您要打到哪裡呢？

B 대만요.

de*.ma.nyo

台灣。

延伸句型

▶ 시외전화는 어떻게 겁니까?

si.we.jo*n.hwa.neun/o*.do*.ke/go*m.ni.ga

如何撥打市外電話？

▶먼저 "1"을 누르세요. 다음에 지역번호를 누르세요.

mo*n.jo*/i.reul/nu.reu.se.yo./da.eu.me/ji.yo*k.bo*
n.ho.reul/nu.reu.se.yo

先撥「1」，然後再按地區號碼。

▶시내전화는 어떻게 겁니까?

si.ne*.jo*n.hwa.neun/o*.do*.ke/go*m.ni.ga

如何撥打市內電話呢？

▶먼저 "2"를 누르세요. 그 다음에 상대방 번호를 누르세요.

mo*n.jo*/i.reul/nu.reu.se.yo//geu/da.eu.me/sang.
de*.bang.bo*n.ho.reul/nu.reu.se.yo

先撥「2」，然後再撥對方的電話號碼。

▶일본에 전화하려고 하는데요.

il.bo.ne/jo*n.hwa.ha.ryo*/go/ha.neun.de.yo

我想打電話到日本。。

▶국제전화를 해 주실 수 있습니까?

guk.jje.jo*n.hwa.reul/he*/ju.sil/su/it.sseum.ni.ga

可以幫我撥打國際電話嗎？

▶방에서 전화를 걸 수 있습니까?

bang.e.so*/jo*n.hwa.reul/go*l/su/it.sseum.ni.ga

房間內可以撥打電話嗎？

Unit 11 對旅館設施提出問題

重點單字

고장나다

go.jang.na.da

故障

(會 話)

Ⓐ 무엇을 도와 드릴까요?

mu.o*.seul/do.wa.deu.ril.ga.yo

能幫您什麼忙嗎？

Ⓑ 텔레비전이 고장났습니다. 그리고 전등이
어두워요.

tel.le.bi.jo*.ni/go.jang.nat.sseum.ni.da//geu.ri.go/
jo*.n.deung.i/o*.du.wo.yo

電視故障了，而且電燈很暗。

Ⓐ 정말 죄송합니다. 몇 호실에 묵으시나요?

jo*ng.mal/jjwe.song.ham.ni.da//myo*t/ho.si.re/mu.
geu.si.na.yo

真的很抱歉，請問您住在幾號室呢？

Ⓑ 210 호실입니다. 빨리 처리해 주세요.

i.be*k.ssi.po.si.rim.ni.da//bal.li/cho*.ri.he*/ju.se.yo

這裡是 210 號室。請趕快處理。

(延伸句型)

▶이 방은 너무 시끄럽습니다. 방을 바꾸고
싶습니다.

i/bang.eun/no*.mu/si.geu.ro*p.sseum.ni.da//bang.

eul/ba.gu.go/sip.sseum.ni.da
這房間太吵了，我要換房間。

▶ 화장실 안에 비누가 없습니다.
hwa.jang.sil/a.ne/bi.nu.ga/o*p.sseum.ni.da
廁所內沒有肥皂。

▶ 육실 안에 뜨거운 물이 안 나옵니다.
yuk.ssil/a.ne/deu.go*.un/mu.ri/an/na.om.ni.da
浴室裡沒有熱水。

▶ 저희가 곧 310호실로 바꿔 드리겠습니다.
jo*.hi.ga/got/sam.be*k.ssi.po.sil.lo/ba.gwo/deu.ri.
get.sseum.ni.da
我們馬上幫您換到 310 號房。

▶ 이 호텔 책임자를 만날 수 있을까요?
i/ho.tel/che*.gim.ja.reul/man.nal/ssu/i.sseul.ga.yo
可以見這間飯店的負責人嗎？

▶ 변기가 막혔습니다.
byo*n.gi.ga/ma.kyo*t.sseum.ni.da
馬通不通。

Unit 12 退房

重點單字

체크아웃

che.keu.a.ut

退房

會話

A 체크아웃 하겠습니다. 열쇠가 여기 있습니다.

che.keu.a.ut/ha.get.sseum.ni.da//yo*l.swe.ga/yo*.gi/it.sseum.ni.da

我要退房,鑰匙在這裡。

B 네. 다음에 또 저희 호텔을 찾아 주십시오.

ne//da.eu.me/do*.jo*.hi/ho.te.reul/cha.ja.ju.sip.ssi.o

好的,歡迎再次蒞臨我們的飯店。

延伸句型

▶ 지금 떠나려 합니다.

ji.geum/do*.na.ryo*/ham.ni.da

我現在要離開。

▶ 이틀 앞당겨 가려고 합니다.

i.teul/ap.dang.gyo*/ga.ryo*.go/ham.ni.da

我要提早兩天走。

▶ 계산하십시오.

gye.san.ha.sip.ssi.o

請結帳。

Unit 13 付帳方式

重點單字

신용카드

si.nyong.ka.deu

信用卡

會 話

Ⓐ 비용은 25만원입니다.

bi.yong.eun/i.si.bo.ma.nwo.nim.ni.da

費用是 25 萬元。

Ⓑ 신용카드를 받습니까?

si.nyong.ka.deu.reul/bat.sseum.ni.ga

可以刷卡嗎？

Ⓐ 네. 물론입니다.

ne//mul.lo.nim.ni.da

當然可以。

延伸句型

▶여행자 수표를 받습니까?

yo*.he*ng.ja/su.pyo.reul/bat.sseum.ni.ga

可以使用旅行支票嗎？

▶현금으로 지불하시겠습니까? 아니면 카드로 지불하시겠습니까?

hyo*n.geu.meu.ro/ji.bul.ha.si.get.sseum.ni.ga//a.ni.myo*n/ka.deu.ro/ji.bul.ha.si.get.sseum.ni.ga

您要用現金支付，還是用信用卡支付呢？

Unit 14 和櫃臺互動

重點單字

카운터
ka.un.to*
櫃台

會話

Ⓐ 좀 물어보겠습니다.
jom/mu.ro*.bo.get.sseum.ni.da
請問一下。

Ⓑ 네, 말씀하세요.
ne//mal.sseum.ha.se.yo
好的,請說。

Ⓐ 인천공항에 가려면 어떻게 가야 됩니까?
in.cho*n.gong.hang.e/ga.ryo*.myo*n/o*.do*.ke/ga.
ya/dwem.ni.ga
該如何去仁川機場呢?

Ⓑ 택시나 공항버스를 이용하세요.
te*k.ssi.na/gong.hang.bo*.seu.reul/i.yong.ha.se.yo
請利用計程車或機場巴士。

Ⓐ 감사합니다.
gam.sa.ham.ni.da
謝謝您。

延伸句型

▶일주일 더 숙박하려고 합니다.
il.ju.il/do*/suk.ba.ka.ryo*.go/ham.ni.da
我想多住一星期。

▶지금 계산할 수 있습니까?
ji.geum/gye.san.hal/ssu/it.sseum.ni.ga
現在可以結帳嗎？

▶먼저 방 좀 구경할 수 있습니까?
mo*n.jo*/bang/jom/gu.gyo*ng.hal/ssu/it.sseum.ni.
ga
可以先讓我參觀一下房間嗎？

▶판매점은 24시간입니까?
pan.me*.jo*.meun/seu.mul.le.si.ga.nim.ni.ga
販賣店是 24 小時嗎？

▶제게 온 전화 있었습니까?
je.ge/on/jo*n.hwa/i.sso*t.sseum.ni.ga
有打來找我的電話嗎？

▶이 호텔의 명함을 한장 주세요.
i/ho.te.rui/myo*ng.ha.meul/han.jang/ju.se.yo
請給我一張這間飯店的名片。

▶수영장은 어디에 있습니까?
su.yo*ng.jang.eun/o*.di.e/it.sseum.ni.ga
游泳池在哪裡？

▶제 짐을 로비로 옮겨 주세요.
je/ji.meul/ro.bi.ro/om.gyo*/ju.se.yo
請幫我把行李搬到大廳。

▶지금 방에 들어가도 됩니까?
ji.geum/bang.e/deu.ro*.ga.do/dwem.ni.ga
現在我可以進入房間嗎？

Chapter 4

用餐

Unit 01 詢問營業時間

重點單字

영업시간

yo*ng.o*p.ssi.gan

營業時間

會話

A 식당은 몇 시에 시작합니까?

sik.dang.eun/myo*t/si.e/si.ja.kam.ni.ga

餐廳幾點開始營業？

B 아침 열한시부터 시작합니다.

a.chim/yo*l.han.si.bu.to*/si.ja.kam.ni.da

早上十一點開始營業。

延伸句型

▶밤 열두시에 영업을 마칩니다.

bam/yo*l.du.si.e/yo*ng.o*.beul/ma.chim.ni.da

晚上十二點打烊。

▶이 식당의 영업시간은 아침 열한시부터 밤 열시까지입니다.

i/sik.dang.ui/yo*ng.o*p.ssi.ga.neun/a.chim/yo*l.
han.si.bu.to*/bam/yo*l.si.ga.ji/im.ni.da

這餐廳的營業時間是從早上十一點到晚上十點。

Unit 02 餐點的種類

重點單字

저녁
jo*.nyo*k
晚餐

會話

Ⓐ 저녁은 뭘 먹고 싶어요?
jo*.nyo*.geun/mwol/mo*k.go/si.po*.yo
你晚餐想吃什麼？

Ⓑ 불고기를 먹고 싶어요.
bul.go.gi.reul/mo⁺k.go/si.po⁺.yo
我想吃烤肉。

延伸句型

▶ 한식을 먹고 싶어요.
han.si.geul/mo*k.go/si.po*.yo
我想吃韓式料理。

▶ 햄버거를 먹고 싶어요.
he*m.bo*.go*.reul/mo*k.go/si.po*.yo
我想吃漢堡。

▶ 저녁은 자장면을 먹자.
jo*.nyo*.geun/ja.jang.myo*.neul/mo*k.jja
我們晚餐吃炸醬麵吧！

• track 105

Unit 03 決定餐廳

重點單字

음식점

eum.sik.jjo*m

餐飲店

會話

Ⓐ 점심은 어디 나가서 먹을까요?

jo*m.si.meun/o*.di/na.ga.so*/mo*.geul.ga.yo

午餐要不要去外面吃？

Ⓑ 좋죠. 갑자기 한국전통요리를 먹고 싶어요.

jo.chyo//gap.jja.gi/han.guk.jjo*n.tong.yo.ri.reul/

mo*k.go/si.po*.yo

當然好阿，我突然想吃韓國傳統料理。

Ⓐ 제가 아는 한국음식점이 있는데 좋아하

실 거예요.

je.ga/a.neun/han.gu.geum.sik.jjo*.mi/in.neun.de/jo.

a.ha.sil/go*.ye.yo

我有認識的韓國餐館，你一定會喜歡的。

Ⓑ 그럼 거기로 가요.

geu.ro*m/go*.gi.ro/ga.yo

那就去那裡吧！

延伸句型

▶ 근처에 유명한 프랑스음식점이 있습니까?

geun.cho*.e/yu.myo*ng.han/peu.rang.seu.eum.sik.

jjo*.mi/it.sseum.ni.ga

附近有沒有知名的法國餐館？

• track 106

▶좋은 음식점을 추천해 주세요.
jo.eun/eum.sik.jjo*.meul/chu.cho*n.he*/ju.se.yo
請推薦不錯的餐館。

▶서울 시내에 어느 곳이 음식점이 가장 많
습니까?
so*.ul/si.ne*.e/o*.neu/go.si/eum.sik.jjo*.mi/ga.jang/
man.sseum.ni.ga
首爾市區哪裡有最多的餐館？

▶회를 먹고 싶어요. 일본음식점에 가요.
hwe.reul/mo*k.go/si.po*.yo//il.bo.neum.sik.jjo*.
me/ga.yo.
我想吃生魚片，我們去日本料理店吧！

▶중국요리를 먹고 싶어요? 아니면 한국요
리를 먹고 싶어요?
jung.gu.gyo.ri.reul/mo*k.go/si.po*.yo//a.ni.myo*n/
han.gu.gyo.ri.reul/mo*k.go/si.po*.yo
你想吃中國料理，還是韓國料理呢？

▶좋은 식당을 알고 계십니까?
jo.eun/sik.dang.eul/al.go/gye.sim.ni.ga
你知道哪裡有不錯的餐廳嗎？

Unit 04 邀請用餐

重點單字

식사

sik.ssa

用餐

會話

Ⓐ 같이 식사하러 갈까요?

ga.chi/sik.ssa.ha.ro*/gal.ga.yo

你要跟我一起去用餐嗎?

Ⓑ 정말 같이 가고 싶은데 다른 약속이 있어요.

jo*ng.mal/ga.chi/ga.go/si.peun.de/da.reun/yak.sso.gi/i.sso*.yo

雖然很想一起去,但我有其他的約會。

延伸句型

▶ 배가 고파요. 점심 먹으러 갈까요?

be*.ga/go.pa.yo//jo*m.sim/mo*.geu.ro*/gal.ga.yo

肚子餓了,要不要一起去吃午餐?

▶ 저 식당의 음식이 맛있어요. 저기로 갈까요?

jo*/sik.dang.ui/eum.si.gi/ma.si.sso*.yo//jo*.gi.ro/gal.ga.yo

那餐廳的料理很好吃,要不要去那裡?

▶ 같이 점심 식사를 합시다.

ga.chi/jo*m.sim/sik.ssa.reul/hap.ssi.da

一起吃午餐吧。

Unit 05 電話訂位

重點單字

멏 분

myo*t/bun

幾位

會話

A 자리 예약하려고 해요.

ja.ri/ye.ya.ka.ryo*.go/he*.yo

我想要預約。

B 몇시로 예약 원하십니까?

myo*t.ssi.ro/ye.yak/won.ha.sim.ni.ga

您要預約幾點呢？

A 저녁 6시로 예약해 주세요.

jo*.nyo*k/yo*.so*t.ssi.ro/ye.ya.ke*/ju.se.yo

請幫我預約晚上6點。

B 몇 분이세요?

myo*t/bu.ni.se.yo

有幾位呢？

A 열명정도입니다.

yo*l.myo*ng.jo*ng.do.im.ni.da

大約十位。

B 알겠습니다.

al.get.sseum.ni.da

知道了。

Unit 06 事先訂位

重點單字

예약하다

ye.ya.ka.da

預約

會 話

Ⓐ 자리를 예약했습니까?

ja.ri.reul/ye.ya.ke*t.sseum.ni.ga

有事先預約嗎？

Ⓑ 네, 어제 예약했습니다.

ne//o*.je.ya.ke*t.sseum.ni.da

是的，昨天預約過了。

Ⓐ 성함이 어떻게 되십니까?

so*ng.ha.mi/o*.do*.ke/dwe.sim.ni.ga

您的貴姓大名是？

Ⓑ 장숙미입니다.

jang.sung.mi.im.ni.da

張淑美。

延伸句型

▶ 전에 예약했습니다. 제 이름은 이은선입니다.

jo*.ne/ye.ya.ke*t.sseum.ni.da//je/i.reu.meun/i.eun.so*.nim.ni.da

之前預約過了。我的名字是李恩善。

Unit 07 詢問何時吃飯

重點單字

언제

o*n.je

何時

會話

Ⓐ 식사는 몇 시부터 가능합니까?

sik.ssa.neun/myo*t/si.bu.to*/ga.neung.ham.ni.ga

幾點開始可以用餐呢?

Ⓑ 한 시간 후에 가능합니다.

han.si.gan/hu.e/ga.neung.ham.ni.da

一個小時後可以用餐。

延伸句型

▶ 지금 식사를 시작해도 돼죠?

ji.geum/sik.ssa.reul/ssi.ja.ke*.do/dwe*.jyo

現在可以開動吧?

▶ 저녁 식사는 언제예요?

jo*.nyo*k/sik.ssa.neun/o*n.je.ye.yo

晚餐時間是何時?

▶ 지금 주문해도 돼죠?

ji.geum/ju.mun.he*.do/dwe*.jyo

現在可以點餐吧?

Unit 08 確認人數

重點單字

두명

du.myo*ng

兩位

會話

A 모두 두 분이세요?

mo.du/du/bu.ni.se.yo

總共兩位嗎?

B 아니요, 10분 후에 두 사람이 더 올 거예요.

a.ni.yo//sip.bun/hu.e/du/sa.ra.mi/do*/ol/go*.ye.yo

不是,10分鐘後還會再來兩位。

延伸句型

▶ 몇 분이세요?

myo*t/bu.ni.se.yo

請問幾位呢?

▶ 모두 세명이에요.

mo.du/se.myo*ng.i.e.yo

總共三個人。

▶ 제 친구가 좀 이따가 올 거예요.

je/chin.gu.ga/jom/i.da.ga/ol/go*.ye.yo

我朋友等一下會過來。

▶ 잠시만 기다리세요. 사람이 바로 올 거예요.

jam.si.man/gi.da.ri.se.yo//sa.ra.mi/ba.ro/ol/go*.ye.yo

請稍等,人馬上就到。

Unit 09 詢問餐廳是否客滿

重點單字

빈 자리

bin/ja.ri

空位

會 話

Ⓐ 무엇을 도와 드릴까요?

mu.o*.seul/do.wa/deu.ril.ga.yo

需要我效勞嗎？

Ⓑ 지금 빈 자리가 있나요?

ji.geum/bin/ja.ri.ga/in.na.yo

現在還有空位嗎？

延伸句型

▶ 창가 쪽 자리가 있습니까?

chang.ga/jjok/ja.ri.ga/it.sseum.ni.ga

有靠窗邊的位子嗎？

▶ 10명이 앉을 자리를 찾아 주세요.

yo*l.myo*ng.i/an.jeul/jja.ri.reul/cha.ja/ju.se.yo

請給我們 10 人坐的位子。

Unit 10 餐廳客滿

重點單字

기다리다

gi.da.ri.da

等待

會話

A 빈 자리가 있어요?

bin/ja.ri.ga/i.sso*.yo

有空位嗎？

B 죄송합니다만 지금 빈 자리가 없습니다.

jwe.song.ham.ni.da.man/ji.geum/bin.ja.ri.ga/o*p.

sseum.ni.da

很抱歉，現在沒有空位子。

A 얼마나 기다려야 되나요?

o*l.ma.na/gi.da.ryo*.ya/dwe.na.yo

要等多久的時間呢？

B 정확한 시간을 알려 드릴 수 없습니다만

적어도 30분정도 기다려야 될 것 같습니

다.

jo*ng.hwa.kan/si.ga.neul/al.lyo*/deu.ril/su.o*p.

sseum.ni.da.man/jo*.go*.do/sam.sip.bun.jo*ng.do/

gi.da.ryo*.ya/dwel/go*t/gat.sseum.ni.da

無法告知您精確的時間，但至少要等 30 分鐘左右。

Unit 11 等待座位安排

重點單字

손님
son.nim
客人

會話

Ⓐ 금연석을 원하시면 20 분정도 기다려야
될 것 같습니다.
geu.myo*n.so*.gcul/won.ha.si.myo*n/i.sip.bun.jo*
ng.do/gi.da.ryo*.ya/dwel/go*t/gat.sseum.ni.da
要非吸煙區的話，大概要等 20 分鐘。

Ⓑ 괜찮습니다. 기다릴 수 있습니다.
gwe*n.chan.sseum.ni.da//gi.da.ril/su/it.sseum.ni.da
沒關係，我們可以等。

延伸句型

▶ 오랫동안 기다리시게 해서 미안합니다.
o.re*t.dong.an/gi.da.ri.si.ge/he*.so*/mi.an.ham.ni.
da
讓您久等了，非常抱歉。

▶ 손님, 이쪽으로 오십시오.
son.nim//i.jjo.geu.ro/o.sip.ssi.o
先生（小姐），請往這裡走。

▶ 이리 앉으십시오.
i.ri/an.jeu.sip.ssi.o
請坐這裡。

• track 115

Unit 12 服務生帶到位子上

重點單字

마음에 들다

ma.eu.me/deul.da

喜歡

會話

Ⓐ 손님, 이 자리가 어떻습니까? 여기 경치가 아주 좋습니다.

son.nim//i/ja.ri.ga/o*.do*.sseum.ni.ga//yo*.gi/gyo*ng.chi.ga/a.ju/jo.sseum.ni.da.

先生（小姐），這個位子如何？這裡的風景很棒。

Ⓑ 네, 고맙습니다.

ne//go.map.sseum.ni.da

很喜歡，謝謝。

延伸句型

▶ 고객님, 이 자리가 마음에 드십니까?

go.ge*ng.nim//i/ja.ri.ga/ma.eu.me/deu.sim.ni.ga

先生（小姐），您喜歡這個位子嗎？

▶ 통로 쪽 자리 말고 창가 자리로 주세요.

tong.no/jjok/ja.ri/mal.go/chang.ga/ja.ri.ro/ju.se.yo

不要靠近走道的位子，請給我窗邊的位子。

Unit 13 要求安靜的座位

重點單字

조용하다

jo.yong.ha.da

安靜

會話

A 너무 시끄러워요. 다른 자리로 바꿀 수 있습니까?

no*.mu/si.geu.ro*.wo.yo//da.reun/ja.ri.ro/ba.gul/su/ it.sseum.ni.ga

太吵了，我們可不可以換到其他的座位？

B 네. 물론입니다. 바로 다른 자리로 바꿔 드리겠습니다.

ne//mul.lo.nim.ni.da//ba.ro/da.reun/ja.ri.ro/ba.gwo/ deu.ri.get.sseum.ni.da

當然可以！馬上幫您更換另一個位子。

延伸句型

▶ 다른 조용한 자리를 선택해도 되겠습니까?

da.reun/jo.yong.han/ja.ri.reul/sso*n.te*.ke*.do/dwe. get.sseum.ni.ga

我可以選其他安靜一點的位子嗎？

▶ 너무 어두워요. 더 밝은 자리로 주세요.

no*.mu/o*.du.wo.yo//do*/bal.geun/ja.ri.ro/ju.se.yo

太暗了，請給我亮一點的位子。

Unit 14 無法安排指定座位

重點單字

통로

tong.no

走道

會話

Ⓐ 저희는 창가 쪽 자리에 앉고 싶은데요.

jo*.hi.neun/chang.ga/jjok/ja.ri.e/an.go/si.peun.de.yo

我們想要靠窗的位子。

Ⓑ 죄송하지만 다른 빈 자리가 없습니다.

jwe.song.ha.ji.man/da.reun/bin/ja.ri.ga/o*p.sseum.
ni.da

很抱歉,但是我們沒有其他空位了。

延伸句型

▶ 이 쪽에 빈 자리가 없습니다. 통로 쪽 자
리를 드려도 괜찮겠습니까?

i/jjo.ge/bin/ja.ri.ga/o*p.sseum.ni.da//tong.no/jjok/ja.
ri.reul/deu.ryo*.do/gwe*n.chan.ket.sseum.ni.ga

這邊沒有空位子了,可以為您安排靠走道的位子
嗎?

▶ 이 자리는 다른 분들이 먼저 예약했습니다.

i/ja.ri.neun/da.reun/bun.deu.ri/mo*n.jo*/ye.ya.ke*t.
sseum.ni.da

這個位子已經有其他人預約了。

Unit 15 進入餐廳

重點單字

어서 오세요

o*.so*/o.se.yo

歡迎光臨

會話

Ⓐ 어서 오세요. 몇 분이세요?

o*.so*/o.se.yo//myo*t/bu.ni.se.yo

歡迎光臨！請問幾位。

Ⓑ 두 명이에요.

du/myo*ng.i.e.yo

兩位。

Ⓐ 이쪽으로 앉으십시오. 메뉴 여기 있습니다.

i.jjo.geu.ro/an.jeu.sip.ssi.o//me.nyu/yo*.gi/it.sseum.
ni.da

請坐這邊。這是菜單。

延伸句型

▶금연석을 원하십니까?

geu.myo*n.so*.geul/won.ha.sim.ni.ga

您要禁菸席嗎？

▶빈 자리가 있나요?

bin/ja.ri.ga/in.na.yo

有空位嗎？

▶4명이 앉을 자리가 있습니까?

ne.myo*ng.i/an.jeul/jja.ri.ga/it.sseum.ni.ga

有四個人坐的位子嗎？

▶6인용 식탁으로 찾아 주세요.
yu.gi.nyong/sik.ta.geu.ro/cha.ja.ju.se.yo
請給我 6 人用的餐桌。

▶메뉴판 좀 주시겠어요?
me.nyu.pan/jom/ju.si.ge.sso*.yo
可以給我菜單嗎？

▶메뉴판 좀 가져다 주세요.
me.nyu.pan/jom/ga.jo*.da/ju.se.yo
請拿菜單給我。

▶메뉴판을 드릴게요.
me.nyu/pa.neul/deu.ril.ge.yo
拿菜單給您。

Unit 16 入座

重點單字

앉다

an.da

坐

會話

A 손님, 앉으십시오.

son.nim//an.jeu.sip.ssi.o

先生（小姐），請坐。

B 고맙습니다.

go.map.sseum.ni.da

感謝您。

延伸句型

▶ 룸으로 모실까요? 홀로 모실까요?

ru.meu.ro/mo.sil.ga.yo//hol.lo/mo.sil.ga.yo

您要坐包廂呢？還是坐廳裡？

▶ 이쪽으로 오세요. 여기가 손님이 예약한 자리입니다.

i.jjo.geu.ro/o.se.yo//yo*.gi.ga/son.ni.mi/ye.ya.kan/ja.ri.im.ni.da

請往這裡走，這裡是客人您預約的位子。

• track 121

Unit 17 入座後提供開水

重點單字

물
mul
水

會 話

Ⓐ 물 좀 주시겠습니까?
mul/jom/ju.si.get.sseum.ni.ga
可以給我一杯水嗎？

Ⓑ 네, 잠시만요.
ne//jam.si.ma.nyo
好的，請稍等。

延伸句型

▶먼저 물 한 잔 갖다 주세요.
mo*n.jo*/mul/han/jan/gat.da/ju.se.yo
請先給我一杯水。

▶커피 주세요.
ko*.pi/ju.se.yo
請給我一杯咖啡。

▶차가운 물을 주세요.
cha.ga.un/mu.reul/jju.se.yo
請給我冰水。

Unit 18 詢問是否要點餐

重 點 單 字

메뉴

me.nyu

菜單

會 話

Ⓐ 지금 주문하시겠어요?

ji.geum/ju.mun.ha.si.ge.sso*.yo

現在您要點餐了嗎？

Ⓑ 네. 비빔밥을 주세요.

ne//bi.bim.ba.beul/jju.se.yo

是的，請給我拌飯。

延伸句型

▶손님, 메뉴입니다. 무엇으로 주문 하시겠습니까?

son.nim//me.nyu.im.ni.da//mu.o*.seu.ro/ju.mun/ha.si.get.sseum.ni.ga

先生（小姐），這是菜單。您要點什麼菜呢？

▶식사주문을 하려고 하는데요.

sik.ssa.ju.mu.neul/ha.ryo*.go/ha.neun.de.yo

我想要點餐。

▶지금 주문해 드려도 되겠습니까?

ji.geum/ju.mun.he*/deu.ryo*.do/dwe.get.sseum.ni.ga

現在可以為您點餐嗎？

Unit 19 開始點餐

重點單字

주문하다

ju.mun.ha.da

點餐

會話

A 뭘 드릴까요?

mwol/deu.ril.ga.yo

為您送上什麼餐點呢?

B 자장면 일인분과 탕수육 부탁 드립니다.

ja.jang.myo*n/i.rin.bun.gwa/tang.su.yuk/bu.tak/deu.
rim.ni.da

請給我一人份的炸醬麵和糖醋肉。

A 네, 알겠습니다.

ne//al.get.sseum.ni.da

我知道了。

延伸句型

▶ 스파게티 하나 주세요.

seu.pa.ge.ti/ha.na/ju.se.yo

請給我一份義大利麵。

▶ 네, 갈비탕을 주세요.

ne//gal.bi.tang.eul/jju.se.yo

是的,我要排骨湯。

▶저도 같은 것으로 하겠습니다.
jo*.do/ga.teun/go*.seu.ro/ha.get.sseum.ni.da
我也要一樣的餐點。

▶삼계탕을 먹겠습니다.
sam.gye.tang.eul/mo*k.get.sseum.ni.da
我要吃蔘雞湯。

▶또 어떤 음식을 주문하시겠습니까?
do/o*.do*n/eum.si.geul/jju.mun.ha.si.get.sseum.ni.
ga
您還要點些什麼菜呢？

▶됐습니다. 고맙습니다.
dwe*t.sseum.ni.da//go.map.sseum.ni.da
可以了，謝謝。

▶전 잘 모르겠어요. 무슨 종류의 음식이 있
어요?
jo*n/jal/mo.reu.ge.sso*.yo//mu.seun/jong.nyu.ui/
eum.si.gi/i.sso*.yo
我還不知道，有什麼種類的菜呢？

▶채식 있습니까?
che*.sik/it.sseum.ni.ga
有素食嗎？

• track 125

Unit 20 尚未決定餐點

重點單字

결정

gyo*l.jo*ng

決定

會話

Ⓐ 뭘 드시겠습니까?

mwol/deu.si.get.sseum.ni.ga

您要點什麼呢？

Ⓑ 죄송합니다. 아직 결정하지 못했습니다.

jwe.song.ham.ni.da//a.jik/gyo*l.jo*ng.ha.ji/mot/he*
t.sseum.ni.da

對不起，我還沒有決定。

Ⓐ 네. 결정하시면 저를 부르십시오.

ne//gyo*l.jo*ng.ha.si.myo*n/jo*.reul/bu.reu.sip.ssi.o

好的。您決定好後，請叫我過來。

延伸句型

▶ 미안하지만 더 생각해 볼게요.

mi.an.ha.ji.man/do*/se*ng.ga.ke*/bol.ge.yo

對不起，再讓我想想。

▶ 죄송합니다만 좀 이따가 주문해도 되겠습
니까?

jwe.song.ham.ni.da.man/jom/i.da.ga/ju.mun.he*.do/
dwe.get.sseum.ni.ga

對不起，我可以等一下再點餐嗎？

▶다 맛있게 보여요. 추천 좀 해 주세요.
da/ma.sit.ge/bo.yo*.yo//chu.cho*n/jom/he*/ju.se.yo
都看起來好好吃,請推薦一下。

▶잠시 후에 주문할게요.
jam.si/hu.e/ju.mun.hal.ge.yo
我待會再點。

▶아직 주문준비가 안 됐어요.
a.jik/ju.mun.jun.bi.ga/an/dwe*.sso*.yo
我還沒準備好要點菜。

▶주문할게요.
ju.mun.hal.ge.yo
我要點菜了。

▶지금 주문해도 되나요?
ji.geum/ju.mun.he*.do/dwe.na.yo
我們現在可以點菜嗎?

• track 127

Unit 21 請服務生推薦餐點

重點單字

추천
chu.cho*n
推薦

會 話

Ⓐ 추천 좀 해 주시겠어요?
chu.cho*n/jom/he*/ju.si.ge.sso*.yo
可以推薦一下嗎?

Ⓑ 저희 집 된장찌개가 아주 유명합니다. 한 번 드셔 보세요.
jo*.hi/jip/dwen.jang.jji.ge*.ga/a.ju/yu.myo*ng.ham. ni.da//han.bo*n/deu.syo*/bo.se.yo
我們店裡的味噌湯很有名。請品嚐看看。

Ⓐ 그럼 된장찌개 하나 주세요.
geu.ro*m/dwen.jang.jji.ge*/ha.na/ju.se.yo
那麼請給我一份。

Ⓑ 네, 잠시만 기다려 주세요.
ne//jam.si.man/gi.da.ryo*/ju.se.yo
好的,請稍等。

延伸句型

▶ 여기의 감자탕이 유명하거든요.
yo*.gi.ui/gam.ja.tang.i/yu.myo*ng.ha.go*.deu.nyo
這裡的馬鈴薯豬骨湯很有名喔!

▶여기의 특별 메뉴는 무엇입니까?
yo*.gi.ui/teuk.byo*l/me.nyu.neun/mu.o*.sim.ni.ga
這裡的特色餐是什麼呢？

▶우리의 특별 음식은 돌솥비빔밥입니다.
u.ri.ui/teuk.byo*l/eum.si.geun/dol.sot.bi.bim.ba.
bim.ni.da
我們的特色餐點是石鍋拌飯。

▶여기서 제일 잘하는 음식은 무엇입니까?
yo*.gi.so*/je.il/jal.ha.neun/eum.si.geun/mu.o*.sim.
ni.ga
這裡最棒的菜是什麼呢？

▶뭐가 맛있죠?
mwo.ga/ma.sit.jjyo
有什麼好吃的呢？

▶맛있는 음식을 좀 추천해 주실 수 있으십
니까?
ma.sin.neun/eum.si.geul/jjom/chu.cho*n.he*/ju.sil/
su/i.sseu.sim.ni.ga
可以為我們推薦一下好吃的菜嗎？

▶어떤 특별한 음식이 있습니까?
o*.do*n/teuk.byo*l.han/eum.si.gi/it.sseum.ni.ga
有什麼特別的菜色嗎？

▶추천해 주셔서 감사합니다.
chu.cho*n.he*/ju.syo*.so*/gam.sa.ham.ni.da
感謝您的推薦。

• track 129

Unit 22 推薦餐點

重點單字

요리

yo.ri

料理

會話

A 뭘 먹어야 할지 모르겠어요. 추천 좀 해 주세요.

mwol/mo*.go*.ya/hal.jji/mo.reu.ge.sso*.yo//chu.cho*n/jom/he*/ju.se.yo

我不知道要吃什麼，請推薦一下。

B 국수와 밥 중에서 어느 쪽을 더 좋아하세요?

guk.ssu.wa/bap/jung.e.so*/o*.neu/jjo.geul/do*/jo.a.ha.se.yo

麵和飯您比較喜歡哪一種呢？

A 국수를 더 좋아해요.

guk.ssu.reul/do*/jo.a.he*.yo

比較喜歡麵。

B 그러면 우동을 드시는 게 어떻습니까?

geu.ro*.myo*n/u.dong.eul/deu.si.neun/ge/o*.do*.sseum.ni.ga

那麼吃烏龍麵如何呢？

A 좋습니다. 그걸로 하겠습니다.

jo.sseum.ni.da//geu.go*l.lo/ha.get.sseum.ni.da

好的，請給我那個。

延伸句型

▶ 그게 어떤 요리죠?

geu.ge/o*.do*n/yo.ri.jyo

那是什麼料理呢？

▶ 가장 맛있는 요리를 추천해 주세요.

ga.jang/ma.sin.neun/yo.ri.reul/chu.cho*n.he*/ju.se.

yo

請推薦最好吃的料理。

▶ 불고기 드셔 보셨어요? 이게 우리 집 가
장 인기있는 요리입니다.

bul.go.gi/deu.syo*/bo.syo*.sso*.yo//i.ge/u.ri/jip/ga.

jang/in.gi.in.neun/yo.ri.im.ni.da

您嘗過烤肉嗎？這是我們店裡最有人氣的料理。

▶ 한국요리를 먹고 싶은데 추천 좀 해 주세
요.

han.gu.gyo.ri.reul/mo*k.go/si.peun.de/chu.cho*n/

jom/he*/ju.se.yo

我想吃韓國料理，請推薦一下。

Unit 23 說明自己的餐點

重點單字

고추
go.chu
辣椒

會話

Ⓐ 저는 매운 걸 좋아하지 않아요. 너무 맵지 않게 해 주세요.
jo*.neun/me*.un/go*l/jo.a.ha.ji/a.na.yo//no*.mu/me*p.jji/an.ke/he*/ju.se.yo
我不喜歡吃辣,請不要太辣。

Ⓑ 네, 알겠습니다.
ne//al.get.sseum.ni.da
好的。

延伸句型

▶ 이 요리에는 파를 넣지 마세요.
i/yo.ri.e.neun/pa.reul/no*.chi/ma.se.yo
這道菜請不要放蔥。

▶ 고추를 너무 많이 넣지 마세요.
go.chu.reul/no*.mu/ma.ni/no*.chi/ma.se.yo
請不要放太多辣椒。

▶ 스테이크는 반만 익혀 주세요.
seu.te.i.keu.neun/ban.man/i.kyo*.ju.se.yo
牛排要五分熟。

▶요리에 양파나 마늘을 넣으세요?
yo.ri.e/yang.pa.na/ma.neu.reul/no*.eu.se.yo
菜裡頭會放洋蔥或蒜嗎？

▶제가 마늘 알레르기가 있어요.
je.ga/ma.neul/al.le.reu.gi.ga/i.sso*.yo
我對蒜過敏。

▶제 스테이크는 완전히 익혀 주세요.
je/seu.te.i.keu.neun/wan.jo*n.hi/i.kyo*.ju.se.yo
我的牛排要全熟。

▶제가 양파를 좋아합니다. 많이 넣어 주세요.
je.ga/yang.pa.reul/jjo.a.ham.ni.da//ma.ni/no*.o*/ju.
se.yo
我喜歡洋蔥，請多放一點。

▶너무 짜지 않게 해 주세요.
no*.mu/jja.ji/an.ke/he*/ju.se.yo
請不要太鹹。

• track 133

Unit 24 詢問是否要點飲料

重點單字

음료수
eum.nyo.su
飲料

會話

Ⓐ 어떤 음료수를 원하십니까?
o*.do*n/eum.nyo.su.reul/won.ha.sim.ni.ga
您要什麼飲料呢？

Ⓑ 녹차로 주세요.
nok.cha.ro/ju.se.yo
請給我綠茶。

Ⓐ 네, 알겠습니다.
ne//al.get.sseum.ni.da
好的。

延伸句型

▶ 식사 후에 음료수가 있습니까?
sik.ssa/hu.e/eum.nyo.su.ga/it.sseum.ni.ga
餐後有飲料嗎？

▶ 음료수는 무엇을 드릴까요?
eum.nyo.su.neun/mu.o*.seul/deu.ril.ga.yo
您要什麼飲料呢？

▶ 우유나 요쿠르트가 있습니까?
u.yu.na/yo.ku.reu.teu.ga/it.sseum.ni.ga
有牛奶或養樂多嗎？

▶음료수는 무엇으로 하시겠습니까? 커피와 홍차가 있습니다.

eum.nyo.su.neun/mu.o*.seu.ro/ha.si.get.sseum.ni.ga//ko*.pi.wa/hong.cha.ga/it.sseum.ni.da

您要什麼飲料呢？我們有咖啡和紅茶。

▶음료수는 어떤 것으로 주문하실까요?

eum.nyo.su.neun/o*.do*n/go*.seu.ro/ju.mun.ha.sil.ga.yo

您喝的要點什麼呢？

▶포도주스 한 잔 주세요.

po.do.ju.seu/han/jan/ju.se.yo

請給我一杯葡萄汁。

▶저는 인삼차요.

jo*.neun/in.sam.cha.yo

我要人蔘茶。

▶핫 초코 한 잔 주세요.

hat/cho.ko/han/jan/ju.se.yo

請給我一杯熱可可。

▶콜라와 사이다가 있습니다. 뭘로 드릴까요?

kol.la.wa/sa.i.da.ga/it.sseum.ni.da//mwol.lo/deu.ril.ga.yo

我們有可樂和汽水，您要什麼呢？

▶혹시 국화차 있어요?

hok.ssi/gu.kwa.cha/i.sso*.yo

請問這裡有菊花茶嗎？

▶ 어떤 커피를 드릴까요?
o*.do*n/ko*.pi.reul/deu.ril.ga.yo
您要哪種咖啡呢?

▶ 저희 집 밀크홍차를 드셔 보실래요?
jo*.hi/jip/mil.keu.hong.cha.reul/deu.syo*/bo.sil.le*.
yo
您要不要喝喝看我們店裡的奶茶呢?

▶ 소주 한병 주십시오.
so.ju/han.byo*ng/ju.sip.ssi.o
請給我一瓶燒酒。

▶ 레몬차 한 잔 주세요.
re.mon.cha/han/jan/ju.se.yo
請給我一杯檸檬茶。

Unit 25 上菜

重點單字

뜨겁다

deu.go*p.da

熱、燙

會話

A 뜨거우니까 조심하세요.

deu.go*.u.ni.ga/jo.sim.ha.se.yo

這道菜很燙，請小心。

B 고맙습니다.

go.map.sseum.ni.da

謝謝。

延伸句型

▶ 맛있게 드세요.

ma.sit.ge/deu.se.yo

請好好享用。

▶ 식기 전에 빨리 드세요.

sik.gi/jo*.ne/bal.li/deu.se.yo

趁熱快享用。

▶ 볶음밥입니다. 천천히 드세요.

bo.geum.ba.bim.ni.da//cho*n.cho*n.hi/deu.se.yo

這是炒飯，請慢用。

• track 137

Unit 26 餐後甜點

重點單字

디저트

di.jo*.teu

甜點

會話

A 디저트는 치즈케이크와 아이스크림이 있
습니다. 뭘 드릴까요?

di.jo*.teu.neun/chi.jeu.ke.i.keu.wa/a.i.seu.keu.ri.mi/
it.sseum.ni.da//mwol/deu.ril.ga.yo

甜點有起司蛋糕和冰淇淋,您要點什麼?

B 치즈케이크로 주세요.

chi.jeu.ke.i.keu.ro/ju.se.yo

請給我起司蛋糕。

延伸句型

▶ 식사 후에 디저트도 있습니까?
sik.ssa/hu.e/di.jo*.teu.do/it.sseum.ni.ga
餐後有甜點嗎?

▶ 초콜렛 선데이 하나 주세요.
cho.kol.let/so*n.de.i/ha.na/ju.se.yo
請給我一個巧克力聖代。

▶ 푸딩 하나 주세요.
pu.ding/ha.na/ju.se.yo
請給我一個布丁。

Unit 27 催促盡快上菜

重點單字

빨리

bal.li

趕快

會話

Ⓐ 저기요, 제가 주문한 음식이 아직 나오지 않았어요.

jo*.gi.yo//je.ga/ju.mun.han/eum.si.gi/a.jik/na.o.ji/a.na.sso*.yo

服務生，我點的菜還沒送上來。

Ⓑ 죄송합니다. 바로 갖다 드리겠습니다.

jwe.song.ham.ni.da//ba.ro/gat.da/deu.ri.get.sseum.ni.da

很抱歉，馬上為您送上。

延伸句型

▶ 많이 기다렸는데 식사는 왜 아직 안 나와요?

ma.ni/gi.da.ryo*n.neun.de/sik.ssa.neun/we*/a.jik/an/na.wa.yo

已經等很久了，菜為什麼還沒送上來？

▶ 식사도 다 끝났는데 디저트는 왜 아직도 안 나옵니까?

sik.ssa.do/da/geun.nan.neun.de/di.jo*.teu.neun/we*/a.jik.do/an/na.om.ni.ga

主菜都已經吃完了，甜點怎麼還沒送上來？

▶ 죄송하지만 식당에 사람이 많아서 좀 더 기다려야 돼요.

jwe.song.ha.ji.man/sik.dang.e/sa.ra.mi/ma.na.so*/jom/do*/gi.da.ryo*.ya/dwe*.yo.

對不起。店裡客人太多了，還需要再稍等一下。

▶ 얼마나 더 기다려야 돼요?

o*l.ma.na/do*/gi.da.ryo*.ya/dwe*.yo

還要再等多久呢？

▶ 요리를 빨리 내오십시오.

yo.ri.reul/bal.li/ne*.o.sip.ssi.o

請快點把菜送上來。

▶ 바로 갖다 드릴게요.

ba.ro/gat.da/deu.ril.ge.yo

馬上幫您送菜。

Unit 28 抱怨餐點

重點單字

상하다
sang.ha.da
腐壞

會話

A 아가씨, 이 음식은 잘 익지 않았어요.
a.ga.ssi//i/eum.si.geun/jal/ik.jji/a.na.sso*.yo
小姐，這食物還沒熟。

B 정말 죄송합니다. 다시 가져다 드릴게요.
jo*ng.mal/jjwe.song.ham.ni.da//da.si/ga.jo*.da/deu.ril.ge.yo
真的很抱歉，再幫您重新送上。

延伸句型

▶ 이 생선은 신선하지 않습니다.
i/se*ng.so*.neun/sin.so*n.ha.ji/an.sseum.ni.da
這海鮮不新鮮。

▶ 이 요리는 너무 짭니다.
i/yo.ri.neun/no*.mu/jjam.ni.da
這料理太鹹了。

▶ 이 음식이 너무 매워요.
i/eum.si.gi/no*.mu/me*.wo.yo
這食物太辣了。

▶이 음식을 다시 한번 데워 주세요.
i/eum.si.geul/da.si/han.bo*n/de.wo/ju.se.yo
這道菜再幫我熱一次。

▶이 고기가 상했나 봐요.
i/go.gi.ga/sang.he*n.na/bwa.yo
這肉好像壞掉了。

▶이 음식의 맛이 좀 이상해요.
i/eum.si.gui/ma.si/jom/i.sang.he*.yo
這食物的味道有點奇怪。

▶이 빵이 너무 딱딱합니다.
i/bang.i/no*.mu/dak.da.kam.ni.da
這麵包太硬了。

• track 142

Unit 29 誤送餐點

重點單字

실수하다

sil.su.ha.da

失誤

會話

🅐 저기요, 이게 뭐예요?

jo*.gi.yo//i.ge/mwo.ye.yo

小姐，這是什麼？

🅑 계란찜입니다.

gye.ran.jji.mim.ni.da

這是蒸蛋。

🅐 네? 전 이걸 주문하지 않았어요.

ne//jo*n/i.go*l/ju.mun.ha.ji/a.na.sso*.yo

什麼？我沒有點這道菜。

🅑 죄송합니다. 바로 바꿔 드리겠습니다.

jwe.song.ham.ni.da//ba.ro/ba.gwo/deu.ri.get.sseum.

ni.da

對不起，馬上為您做更換。

延伸句型

▶ 손님이 주문하신 요리는 바로 갖다 드릴

게요.

son.ni.mi/ju.mun.ha.sin/yo.ri.neun/ba.ro/gat.da/deu.

ril.ge.yo

馬上將客人您點的菜送上來。

▶이건 제가 주문한 요리가 아닙니다.
i.go*n/je.ga/ju.mun.han/yo.ri.ga/a.nim.ni.da
這不是我點的菜。

▶죄송합니다. 제가 바로 바꿔 드릴게요.
jwe.song.ham.ni.da//je.ga/ba.ro/ba.gwo/deu.ril.ge.
yo
對不起，我馬上幫您更換。

▶이것은 손님께서 주문하신 야채볶음밥이
아닌가요?
i.go*.seun/son.nim.ge.so*/ju.mun.ha.sin/ya.che*.bo.
geum.ba.bi/a.nin.ga.yo
這不是客人您點的蔬菜炒飯嗎？

▶제가 실수한 것 같아요. 정말 죄송합니다.
je.ga/sil.su.han/go*t/ga.ta.yo//jo*ng.mal/jjwe.song.
ham.ni.da
我搞錯了，很抱歉。

Unit 30 呼叫服務生

重點單字

반찬

ban.chan

小菜

會話

Ⓐ 저기요, 반찬 좀 더 주세요.

jo*.gi.yo//ban.chan/jom/do*/ju.se.yo

小姐，請再給我小菜。

Ⓑ 네. 알겠습니다.

ne//al.get.sseum.ni.da

好的。

延伸句型

▶ 저기요, 화장실이 어디예요?

jo*.gi.yo//hwa.jang.si.ri/o*.di.ye.yo

小姐，請問化妝室在哪裡？

▶ 손님, 저쪽으로 가시면 화장실입니다.

son.nim//jo*.jjo.geu.ro/ga.si.myo*n/hwa.jang.si.rim.ni.da

小姐（先生），您往那邊走，就是化妝室了。

▶ 아가씨, 이쑤시개 있습니까?

a.ga.ssi//i.ssu.si.ge*/it.sseum.ni.ga

小姐，這裡有牙籤嗎？

▶ 테이블을 치워 주세요.
te.i.beu.reul/chi.wo.ju.se.yo
請清理一下桌子。

▶ 접시 두개 주세요.
jo*p.ssi/du.ge*/ju.se.yo
請給我兩個碟子。

▶ 김치 좀 더 주세요.
gim.chi/jom/do*/ju.se.yo
再給我一點泡菜。

▶ 후추가루 좀 주시겠습니까?
hu.chu.ga.ru/jom/ju.si.get.sseum.ni.ga
可以給我胡椒粉嗎?

Unit 31 結帳

重點單字

계산서
gye.san.so*
帳單

會話

A 저기요, 계산서 좀 주세요.
jo*.gi.yo//gye.san.so*/jom/ju.se.yo
小姐，我要買單。

B 네, 이것은 계산서입니다.
ne//i.go*.seun/gye.san.so*.im.ni.da
好的，這是您的帳單。

延伸句型

▶ 계산서 좀 주시겠어요?
gye.san.so*/jom/ju.si.ge.sso*.yo
可以給我帳單嗎？

▶ 지금 계산하려고 하는데요.
ji.geum/gye.san.ha.ryo*.go/ha.neun.de.yo
我現在要結帳。

▶ 저기요, 계산해 주세요.
jo*.gi.yo//gye.san.he*.ju.se.yo
服務員，請結帳。

• track 147

Unit 32 請客

重點單字

한턱내다

han.to*ng.ne*.da

請吃飯

會 話

Ⓐ 제가 살게요.

je.ga/sal.ge.yo

我請客。

Ⓑ 아니요. 각자 부담합시다.

a.ni.yo//gak.jja/bu.dam.hap.ssi.da

不了，我們各自分擔吧！

延伸句型

▶ 제가 계산할게요.

je.ga/gye.san.hal.ge.yo

我來結帳。

▶ 제가 한턱 낼게요.

je.ga/han.to*k/ne*l.ge.yo

我請客。

▶ 더치 페이로 합시다.

do*.chi/pe.i.ro/hap.ssi.da

我們各自付錢吧！

▶ 계산은 나누어 내기로 합시다.

gye.sa.neun/na.nu.o*/ne*.gi.ro/hap.ssi.da

我們一起平分帳款吧！

• track 148

▶ 우리 더치 페이로 할까요?
u.ri/do*.chi/pe.i.ro/hal.ga.yo
我們要不要各自付錢？

▶ 점심은 제가 사죠.
jo*m.si.meun/je.ga/sa.jyo
午餐我請吧！

▶ 그럼 음료수는 제가 내죠.
geu.ro*m/eum.nyo.su.neun/je.ga/ne*.jyo
那飲料我請。

▶ 그러면 술값은 제가 내죠.
geu.ro*.myo*n/sul.gap.sseun/je.ga/ne*.jyo
那麼酒錢我付。

▶ 오늘은 제가 기분이 좋으니 제가 지불하
겠습니다.
o.neu.reun/je.ga/gi.bu.ni/jo.eu.ni/je.ga/ji.bul.ha.get.
sseum.ni.da
今天我心情好，我來付錢。

▶ 우리 각자 내지요.
u.ri/gak.jja/ne*.ji.yo
我們各自付錢吧！

Unit 33 帳單金額

重點單字

만원

ma.nwon

一萬元

會話

Ⓐ 비빔밥과 매운탕을 시키셨죠? 모두 팔천원입니다.

bi.bim.bap.gwa/me*.un.tang.eul/ssi.ki.syo*t.jjyo//
mo.du/pal.cho*.nwo.nim.ni.da

您點了拌飯和辣魚湯,對吧?總共是 8000 元。

Ⓑ 여기 만원이에요.

yo*.gi/ma.nwo.ni.e.yo

這裡是一萬。

會話

Ⓐ 손님, 모두 만오천원입니다. 카드로 지불하시겠습니까?

son.nim//mo.du/ma.no.cho*.nwo.nim.ni.da//ka.deu.
ro/ji.bul.ha.si.get.sseum.ni.ga

先生(小姐),總共是一萬五千元。您要用信用卡支付嗎?

Ⓑ 아니요. 현금으로 낼게요.

a.ni.yo//hyo*n.geu.meu.ro/ne*l.ge.yo

不,我要用現金付款。

Unit 34 內含服務費

重點單字

봉사료

bong.sa.ryo

服務費

會話

🅐 이 계산서는 봉사료를 포함했습니까?

i/gye.san.so*.neun/bong.sa.ryo.reul/po.ham.he*t.

sseum.ni.ga

這帳單有包含服務費嗎?

🅑 아니요. 우리는 봉사료를 받지 않습니다.

a.ni.yo//u.ri.neun/bong.sa.ryo.reul/bat.jji/an.sseum.

ni.da

沒有,我們不收服務費。

延伸句型

▶ 이 계산서는 10 퍼센트의 봉사료를 더 얹

었습니다.

i/gye.san.so*.neun/sip.po*.sen.tcu.ui/bong.sa.ryo.

reul/do*/o*n.jo*t.sseum.ni.da

這帳單另加了 10% 的服務費。

▶ 서비스료까지 합쳐서 10 만원입니다.

so*.bi.seu.ryo.ga.ji/hap.cho*.so*/sim.ma.nwon.im.

ni.da

加上服務費後,是 10 萬元。

• track 151

Unit 35 找錢

重點單字

잔돈

jan.don

找零

會話

A 잔돈 받으세요. 삼천오백원입니다.

jan.don/ba.deu.se.yo//sam.cho*.no.be*.gwo.nim.ni.
da

請收下零錢，3500 元。

B 감사합니다.

gam.sa.ham.ni.da

謝謝。

延伸句型

▶ 손님, 여기 거스름돈 있습니다. 감사합니다.

son.nim//yo*.gi/go*.seu.reum.don/it.sseum.ni.da//
gam.sa.ham.ni.da

先生（小姐），這是您的零錢。謝謝您！

▶ 여기 영수증 있습니다. 또 오세요!

yo*.gi/yo*ng.su.jeung/it.sseum.ni.da//do/o.se.yo

這是您的收據，歡迎再次光臨。

Unit 36 離開餐廳

重點單字

맛있다

ma.sit.da

好吃

會話

Ⓐ 식사가 마음에 드셨어요?

sik.ssa.ga/ma.eu.me/deu.syo*.sso*.yo

您還滿意這樣的餐點嗎？

Ⓑ 네, 아주 맛있었습니다.

ne//a.ju/ma.si.sso*t.sseum.ni.da

是的，非常美味。

Ⓐ 감사합니다. 또 오십시오.

gam.sa.ham.ni.da//do.o.sip.ssi.o

謝謝您，歡迎再來。

延伸句型

▶식사를 맛있게 드셨지요?

sik.ssa.reul/ma.sit.ge/deu.syo*t.jji.yo

您吃得還滿意吧？

▶여기의 식사가 마음에 드셨기를 바랍니다.
또 오세요.

yo*.gi.ui/sik.ssa.ga/ma.eu.me/deu.syo*t.gi.reul/ba.
ram.ni.da//do.o.se.yo

希望您能喜歡這裡的菜，歡迎再次光臨。

• track 153

Unit 37 速食店 1

重點單字

햄버거

he*m.bo*.go*

漢堡

會話

Ⓐ 무엇을 시킬까요?

mu.o*.seul/ssi.kil.ga.yo

您要點什麼？

Ⓑ 치즈 버거 하나랑 프라이드 치킨 하나 주세요.

chi.jeu/bo*.go*/ha.na.rang/peu.ra.i.deu/chi.kin/ha.na/ju.se.yo

請給我一個起司漢堡和一個炸雞。

Ⓐ 다른 거는요?

da.reun/go*.neu.nyo

還需要其他的嗎？

Ⓑ 그리고 콜라 작은 것으로 주세요.

geu.ri.go/kol.la/ja.geun/go*.seu.ro/ju.se.yo

再給我一個小的可樂。

Ⓐ 네. 알겠습니다.

ne//al.get.sseum.ni.da

好的。

延伸句型

▶1호 세트메뉴 하나 주세요.
il.ho/se.teu.me.nyu/ha.na/ju.se.yo
請給我一號餐。

▶후렌치 후라이 큰거, 파인애플 파이 하나,
그리고 샐러드 하나 주세요.
hu.ren.chi/hu.ra.i/keun.go*/pa.i.ne*.peul/pa.i/ha.na/
/geu.ri.go/se*l.lo*.deu/ha.na/ju.se.yo
請給我大份的薯條、一個鳳梨派，還有一個沙拉。

▶티슈 몇 장 더 주시겠어요?
ti.syu/myo*t/jang/do*/ju.si.ge.sso*.yo
可以給我幾張紙巾嗎？

▶토마토 케첩 좀 주세요.
to.ma.to/ke.cho*p/jom/ju.se.yo
請給我一點蕃茄醬。

▶스파이시 치킨 레그 하나 주세요.
seu.pa.i.si/chi.kin/re.geu/ha.na/ju.se.yo
我要一份辣的炸雞腿。

Unit 38 速食店 2

重點單字

펩시콜라

pep.ssi.kol.la

百事可樂

會話

A 무엇을 주문하시겠어요?

mu.o*.seul/jju.mun.ha.si.ge.sso*.yo

您要點些什麼？

B 햄버거 하나, 그리고 펩시콜라 작은 컵
으로 한잔 주세요.

he*m.bo*.go*/ha.na/geu.ri.go/pep.ssi.kol.la/ja.
geun/ko*.beu.ro/han.jan/ju.se.yo

請給我一個漢堡，還有小杯的百事可樂。

A 그게 전부인가요?

geu.ge/jo*n.bu.in.ga.yo

這樣就好嗎？

B 네.

ne

是的。

B 칠천원입니다.

chil.cho*.nwo.nim.ni.da

總共 7000 元。

Unit 39 飲料

重點單字

큰 컵

keun/ko*p

大杯

會話

A 음료수는 무엇을 드릴까요?

eum.nyo.su.neun/mu.o*.seul/deu.ril.ga.yo

您要什麼飲料？

B 콜라 큰 컵 한 잔만 주세요.

kol.la/keun/ko*p/han/jan.man/ju.se.yo

請給我一杯大杯的可樂。

延伸句型

▶ 환타 중간 컵 한잔만 주세요.

hwan.ta/jung.gan/ko*p/han.jan.man/ju.se.yo

請給我一杯中杯的芬達。

▶ 스프라이트 작은 컵 한 잔 주세요.

seu.peu.ra.i.teu/ja.geun/go*p/han/jan/ju.se.yo

請給我一杯小杯的雪碧。

▶ 오렌지 주스 한 잔 주세요.

o.ren.ji/ju.seu/han/jan/ju.se.yo

請給我一杯柳橙汁。

● track 157

Unit 40 是否外帶

重點單字

가지다

ga.ji.da

攜帶

會話

Ⓐ 손님, 여기서 드실 건가요, 아니면 가지고 가실건가요?

son.nim//yo*.gi.so*/deu.sil.go*n.ga.yo//a.ni.myo*n/ga.ji.go/ga.sil.go*n.ga.yo

小姐（先生），您要內用還是外帶？

Ⓑ 여기서 먹을 겁니다.

yo*.gi.so*/mo*.geul/go*m.ni.da

內用。

Ⓐ 네, 알겠습니다.

ne//al.get.sseum.ni.da

好的。

延伸句型

▶ 가지고 갈 겁니다.

ga.ji.go/gal/go*m.ni.da

我要帶走。

▶ 2호 세트메뉴, 가지고 갈 겁니다.

i.ho/se.teu.me.nyu//ga.ji.go/gal/go*m.ni.da

外帶 2 號餐。

Unit 41 茶坊

重點單字

다방

da.bang

茶坊

會話

A 무슨 차를 마실까요?

mu.seun/cha.reul/ma.sil.ga.yo

您要喝什麼茶？

B 우롱차 한잔 주세요.

u.rong.cha/han.jan/ju.se.yo

請給我一杯烏龍茶。

延伸句型

▶근처에 다방이 있어요?

geun.cho*.e/da.bang.i/i.sso*.yo

這附近有茶館嗎？

▶차 종류는 뭐가 있습니까?

cha/jong.nyu.neun/mwo.ga/it.sseum.ni.ga

茶的種類有哪些呢？

▶보이차가 있습니까?

bo.i.cha.ga/it.sseum.ni.ga

有普洱茶嗎？

• track 159

Unit 42 酒吧

重點單字

술집
sul.jip
酒吧

會話

Ⓐ 소주 한 병이랑 잔 네개 주세요.
so.ju/han/byo*ng.i.rang/jan/ne.ge*/ju.se.yo
請給我一瓶燒酒和 4 個杯子。

Ⓑ 네, 알겠습니다.
ne//al.get.sseum.ni.da
好的。

延伸句型

▶우리 술 한잔 하자.
u.ri/sul/han.jan/ha.ja
我們去喝一杯吧！

▶맥주 세 병 주세요.
me*k.jju/se/byo*ng/ju.se.yo
請給我三瓶啤酒。

▶여기 칵테일이 있습니까?
yo*.gi/kak.te.i.ri/it.sseum.ni.ga
這裡有雞尾酒嗎？

Unit 43 韓式料理

重點單字
한국요리
han.gu.gyo.ri
韓式料理

會話

A 한국전통요리는 뭐가 있어요?
han.guk.jjo*n.tong.yo.ri.neun/mwo.ga/i.sso*.yo
韓國傳統料理有什麼呢?

B 돌솥 비빔밥, 갈비탕, 삼계탕등이 있습니
다. 특히 떡볶이가 제일 유명해요.
dol.sot.bi.bim.bap/gal.bi.tang/sam.gye.tang.deung.i/
it.sseum.ni.da//teu.ki/do*k.bo.gi.ga/je.il/yu.myo*.
ng.he*.yo
有石鍋拌飯、牛骨湯、人蔘雞湯等。特別是辣炒黏
糕最有名。（떡不一定指黏糕,糕餅類亦稱為떡）

延伸句型

▶김치 만두가 맛있어요. 한번 드셔 보세요.
gim.chi.man.du.ga/ma.si.sso*.yo//han.bo*n/deu.
syo*.bo.se.yo
泡菜水餃很好吃,品嚐看看。

▶짬뽕 드셔 보셨어요?
jjam.bong/deu.syo*/bo.syo*.sso*.yo
您吃過炒馬麵嗎?

• track 161

Unit 44 外送

重點單字

배달

be*.dal

外送

會話

Ⓐ 안녕하세요. 음식배달 가능하죠?

an.nyo*ng.ha.se.yo//eum.sik.be*.dal/ga.neung.ha.jyo

您好，可以外送嗎？

Ⓑ 네, 뭘 배달해 드릴까요?

ne//mwol/be*.dal.he*/deu.ril.ga.yo

可以，要幫您送什麼過去呢？

Ⓐ 야채죽 이인분을 부탁 드립니다.

ya.che*.juk/i.in.bu.neul/bu.tak/deu.rim.ni.da

兩人份的蔬菜粥。

Ⓑ 알겠습니다. 주소는 어디십니까?

al.get.sseum.ni.da//ju.so.neun/o*.di.sim.ni.ga

好的，住址是哪裡呢？

延伸句型

▶ 곧 배달해 드리겠습니다.

got/be*.dal.he*/deu.ri.get.sseum.ni.da

馬上幫您送過去。

Chapter 5

搭乘交通工具

Unit 01 怎麼去機場

重點單字

공항버스
gong.hang.bo*.seu
機場巴士

會話

Ⓐ 공항에 가려면 어떻게 가죠?
gong.hang.e/ga.ryo*.myo*n/o*.do*.ke/ga.jyo
請問該怎麼去機場?

Ⓑ 택시나 공항버스를 타세요.
te*k.ssi.na/gong.hang.bo*.seu.reul/ta.se.yo
請搭計程車或機場巴士。

Ⓐ 공항까지 시간이 얼마나 걸립니까?
gong.hang.ga.ji/si.ga.ni/o*l.ma.na/go*l.lim.ni.ga
去機場要花多久的時間?

Ⓑ 두 시간쯤 걸립니다.
du.si.gan.jjeum/go*l.lim.ni.da
大約兩個小時。

Ⓐ 감사합니다.
gam.sa.ham.ni.da
謝謝您。

Ⓑ 아니에요.
a.ni.e.yo
不客氣。

延伸句型

▶이 버스는 공항에 가나요?
i.bo*.seu.neun/gong.hang.e/ga.na.yo
這台公車會到機場嗎？

▶인천공항으로 가려고 하는데요. 어떻게 가
야 합니까?
in.cho*n.gong.hang.eu.ro/ga.ryo*.go/ha.neun.de.yo/
/o*.do*.ke/ga.ya.ham.ni.ga
我想去仁川機場，該怎麼去呢？

▶공항까지 어떻게 가나요?
gong.hang.ga.ji/o*.do*.ke/ga.na.yo
怎麼去機場呢？

▶공항버스를 타는 곳이 어디에 있어요?
gong.hang.bo*.seu.reul/ta.neun/go.si/o*.di.e/i.sso*.yo
在哪裡搭乘機場巴士呢？

▶길을 모르시면 택시를 타도 됩니다.
gi.reul/mo.reu.si.myo*n/te*k.ssi.reul/ta.do/dwem.
ni.da
如果不知道路，也可以搭乘計程車。

▶차표를 어디서 삽니까?
cha.pyo.reul/o*.di.so*/sam.ni.ga
在哪裡買車票呢？

▶종점에서 내리시면 인천공항입니다.
jong.jo*.me.so*/ne*.ri.si.myo*n/in.cho*n.gong.
hang.im.ni.da
在終點站下車，就是仁川機場了。

▶저쪽에서 차표를 사세요.
jo*.jjo.ge.so*/cha.pyo.reul/ssa.se.yo
請在那邊買車票。

▶공항버스를 이용하세요.
gong.hang.bo*.seu.reul/i.yong.ha.se.yo
請利用機場巴士。

▶공항버스는 어디서 타지요?
gong.hang.bo*.seu.neun/o*.di.so*/ta.ji.yo
機場巴士要在哪裡搭乘呢？

▶여기가 인천공항입니다.
yo*.gi.ga/in.cho*n.gong.hang.im.ni.da
這裡是仁川機場。

▶이 버스는 공항에 가는 버스입니다. 빨리 타세요.
i/bo*.seu.neun/gong.hang.e/ga.neun/bo*.seu.im.ni.da//bal.li/ta.se.yo
這是去機場的巴士，請快上車。

▶다음 차는 몇시에 출발합니까?
da.eum/cha.neun/myo*t.ssi.e/chul.bal.ham.ni.ga
下一班車是幾點出發呢？

▶인천공항에 가는 표 2장 주세요. 얼마입니까?
in.cho*n.gong.hang.e/ga.neun/pyo/du.jang /ju.se.yo//o*l.ma.im.ni.ga
請給我兩張去仁川機場的票，多少錢呢？

Unit 02 詢問目的地怎麼走

重點單字

어떻게

o*.do*.ke

怎麼、如何

會話

A 동대문운동장에 가려면 이 길이 맞아요?

dong.de*.mu.nun.dong.jang.e/ga.ryo*.myo*n/i/gi.ri/

ma.ja.yo

這條路是去東大門運動場的路嗎？

B 네. 이 길을 따라서 가시면 보일 겁니다.

ne//i.gi.reul/da.ra.so*/ga.si.myo*n/bo.il.go*m.ni.da

是的，沿著這條路走，就會看到。

延伸句型

▶ 식물원으로 가려면 어떻게 갑니까?

sing.mu.rwo.neu.ro/ga.ryo*.myo*n/o*.do*.ke/gam.

ni.ga

去植物園怎麼走？

▶ 설악산은 어떻게 가죠?

so*.rak.ssa.neun/o*.do*.ke/ga.jyo

雪嶽山該怎麼去？

▶ 실례지만 기차역에 어떻게 갑니까?

sil.lye.ji.man/gi.cha.yo*.ge/o*.do*.ke/gam.ni.ga

請問火車站要怎麼去？

▶여기를 가려는데 어떻게 가야 합니까?
yo*.gi.reul/ga.ryo*.neun.de/o*.do*.ke/ga.ya/ham.ni.ga

我想去這裡，該怎麼走呢？

▶종로로 가는 길을 가르쳐 주시겠습니까?
jong.no.ro/ga.neun/gi.reul/ga.reu.cho*/ju.si.get.sseum.ni.ga

可以告訴我去鐘路的路嗎？

▶청계천으로 가려면 어느 쪽으로 가면 됩니까?
cho*ng.gye.cho*.neu.ro/ga.ryo*.myo*n/o*.neu.jjo.geu.ro/ga.myo*n/dwem.ni.ga

去清溪川該往哪邊走呢？

▶강남에 가고 싶은데 어떻게 가는지 아세요?
gang.na.me/ga.go/si.peun.de/o*.do*.ke/ga.neun.ji/a.se.yo

我想去江南，你知道該怎麼去嗎？

Unit 03 詢問搭何種交通工具

重點單字

시내

si.ne*

市區

會 話

Ⓐ 여기서 시내에 가고 싶은데 어떻게 가면 더 빠릅니까?

yo*.gi.so*/si.ne*.e/ga.go/si.peun.de/o*.do*.ke/ga.myo*n/do*/ba.reum.ni.ga

我想從這裡去市區，怎麼去會比較快呢？

Ⓑ 지하철을 타세요. 지하철이 빠르고 편리해요.

ji.ha.cho*.reul/ta.se.yo//ji.ha.cho*.ri/ba.reu.go/pyo*l.li.he*.yo

搭地鐵吧！搭地鐵又快又方便。

Ⓐ 버스를 타면 시간이 많이 걸립니까?

bo*.seu.reul/ta.myo*n/si.ga.ni/ma.ni/go*l.lim.ni.ga

如果搭公車的話，會花很多時間嗎？

Ⓑ 네. 4시간쯤 걸릴 겁니다.

ne//ne.si.gan.jjeum/go*l.lil/go*m.ni.da

是的，大約會花上 4 個小時。

Ⓐ 그럼 지하철로 가야겠네요.

geu.ro*m/ji.ha.cho*l.lo/ga.ya.gen.ne.yo

那我要搭地鐵。

延伸句型

▶ 서울역에서 내리세요.
so*.ul.lyo*.ge.so*/ne*.ri.se.yo
請在首爾站下車。

▶ 지하철이 제일 빠를 거예요.
ji.ha.cho*.ri/je.il/ba.reul/go*.ye.yo
搭地鐵最快。

▶ 시내에 가려면 어떻게 가죠?
si.ne*.e/ga.ryo*.myo*n/o*.do*.ke/ga.jyo
該怎麼去市區呢？

▶ 지하철이 더 편리해요.
ji.ha.cho*.ri/do*/pyo*l.li.he*.yo
地鐵更方便。

▶ 이 버스는 시내에 갑니까?
i.bo*.seu.neun/si.ne*.e/gam.ni.ga
這公車會到市區嗎？

▶ 버스를 타셔도 됩니다.
bo*.seu.reul/ta.syo*.do/dwem.ni.da
您也可以搭乘公車。

▶ 도봉산에 가려면 여기서 1호선을 타면 됩니다.
o.bong.sa.ne/ga.ryo*.myo*n/yo*.gi.so*/il.ho.so*.
neul/ta.myo*n/dwem.ni.da
如果您想去道峰山，在這裡搭 1 號線就可以了。

Unit 04 詢問目的地的遠近

重點單字

멀다

mo*l.da

遠

會話

Ⓐ 실례지만 여기서 시청까지 아직 멉니까?

sil.lye.ji.man/yo*.gi.so*/si.cho*ng.ga.ji/a.jik/mo*m.

ni.ga

不好意思，請問這裡離市政廳還很遠嗎？

Ⓑ 그리 멀지 않습니다. 15 분쯤 걸으면 될
것 같습니다.

geu.ri/mo*l.ji/an.sseum.ni.da//si.bo.bun.jjeum/go*.

reu.myo*n/dwel/go*t/gat.sseum.ni.da

不會很遠，大概走 15 分鐘就會到了。

Ⓐ 감사합니다.

gam.sa.ham.ni.da

謝謝您。

Ⓑ 천만에요.

cho*n.ma.ne.yo

不客氣。

延伸句型

▶ 꽤 멀어요.

gwe*/mo*.ro*.yo

還很遠。

▶걸어서 가면 얼마나 걸려요?
go*.ro*.so*/ga.myo*n/o*l.ma.na/go*l.lyo*.yo
走路去的話，要多久呢？

▶아마 20분쯤 걸릴 거예요.
a.ma/i.sip.bun.jjeum/go*l.lil/go*.ye.yo
大概要花 20 分鐘。

▶한참 가셔야 돼요.
han.cham/ga.syo*.ya/dwe*.yo
要走好一陣子。

▶아직 멉니다.
a.jik/mo*m.ni.da
還很遠。

▶여기서 동대문이 멉니까?
yo*.gi.so*/dong.de*.mu.ni/mo*m.ni.ga
這裡離東大門遠嗎？

▶좀 멀어요. 버스나 택시를 타시는 게 좋
을 거예요.
jom/mo*.ro*.yo//bo*.seu.na/te*k.ssi.reul/ta.si.neun/
ge jo.eul/go*.ye.yo
有點遠，搭公車或計程車會比較好。

▶여기서 가깝습니까?
yo*.gi.so*/ga.gap.sseum.ni.ga
離這裡很近嗎？

▶여기가 지하철역에서 가깝나요?
yo*.gi.ga/ji.ha.cho*.ryo*.ge.so*/ga.gam.na.yo
這裡離地鐵站近嗎？

Unit 05 詢問哪裡有地鐵站

重點單字

지하철역

ji.ha.cho*.ryo*k

地鐵站

會 話

A 실례합니다. 이 근처에 지하철역이 있나요?

sil.lye.ham.ni.da//i/geun.cho*.e/ji.ha.cho*.ryo*.gi/in.na.yo

不好意思，請問這附近有地鐵站嗎？

B 있는데 좀 걸어야 합니다.

in.neun.de/jom/go*.ro*.ya/ham.ni.da

有，但要走一會兒。

A 어떻게 가죠?

o*.do*.ke/ga.jyo

該怎麼去呢？

B 저 앞에 신호등에서 왼쪽으로 도세요. 그러면 강남역이 보일 겁니다.

jo*/a.pe/sin.ho.deung.e.so*/wen.jjo.geu.ro/do.se.yo//geu.ro*.myo*n/gang.na.myo*.gi/bo.il/go*m.ni.da

請在前面的紅綠燈左轉，然後您就會看到江南站。

A 설명해 주셔서 감사합니다.

so*l.myo*ng.he*/ju.syo*.so*/gam.sa.ham.ni.da

謝謝您為我說明。

延伸句型

▶ 여기 지하철역이 없나요?
yo*.gi/ji.ha.cho*.ryo*.gi/o*m.na.yo
這裡有地鐵站嗎?

▶ 있는데 너무 멉니다.
in.neun.de/no*.mu/mo*m.ni.da
有,但是很遠。

▶ 그 운동장 옆이 바로 지하철역입니다.
geu/un.dong.jang/yo*.pi/ba.ro/ji.ha.cho*.ryo*.gim.
ni.da
那運動場的旁邊就是地鐵站。

▶ 지하철역까지 어떻게 가요?
ji.ha.cho*.ryo*k.ga.ji/o*.do*.ke/ga.yo
該怎麼去地鐵站呢?

▶ 제일 가까운 지하철역이 어디에 있습니까?
je.il/ga.ga.un/ji.ha.cho*.ryo*.gi/o*.di.e/it.sseum.ni.
ga
最近的地鐵站在哪裡呢?

▶ 어떻게 가야 하는지 설명해 주세요.
o*.do*.ke/ga.ya/ha.neun.ji/so*l.myo*ng.he*/ju.se.
yo
請告訴我該怎麼去。

▶ 저를 데리고 가도 됩니까?
jo*.reul/de.ri.go/ga.do/dwem.ni.ga
可以帶我去嗎?

▶여기서 지하철역이 멀어요?
yo*.gi.so*/ji.ha.cho*.ryo*.gi/mo*.ro*.yo
這裡離地鐵站很遠嗎?

▶걸어서 가면 도착할 수 있습니까?
go*.ro*.so*/ga.myo*n/do.cha.kal/ssu.it.sseum.ni.ga
如果用走得去,可以到達嗎?

▶이 길을 똑바로 가시면 지하철역이 보일
겁니다.
i.gi.reul/dok.ba.ro/ga.si.myo*n/ji.ha.cho*.ryo*.gi/
bo.il/go*m.ni.da
沿著這條路一直走,你就會看到地鐵站。

▶지하철역으로 가려면 어떻게 갑니까?
ji.ha.cho*.ryo*.geu.ro/ga.ryo*.myo*n/o*.do*.ke/
gam.ni.ga
地鐵站該怎麼去呢?

▶이 근처에 지하철역이 있습니까?
i/geun.cho*.e/ji.ha.cho*.ryo*.gi/it.sseum.ni.ga
這附近有地鐵站嗎?

▶지하철 표는 어디서 살 수 있나요?
ji.ha.cho*l/pyo.neun/o*.di.so*/sal/ssu.in.na.yo
地鐵票要在哪裡買呢?

▶저쪽 자동 판매기에서 살 수 있습니다.
jo*.jjok/ja.dong/pan.me*.gi.e.so*/sal/ssu.it.sseum.
ni.da
可以在那裡的自動販賣機買票。

Unit 06 詢問地鐵路線

重點單字

몇 호선

myo*t/ho.so*n

幾號線

會 話

A 실례지만 명동에 가려면 어떻게 가야 돼요?

sil.lye.ji.man/myo*ng.dong.e/ga.ryo*.myo*n/o*.do*.ke/ga.ya/dwe*.yo

不好意思,請問明洞該怎麼去呢?

B 지하철을 타세요.

ji.ha.cho*.reul/ta.se.yo

請搭地鐵。

A 몇 호선을 타야 합니까?

myo*t/ho.so*.neul/ta.ya/ham.ni.ga

該搭幾號線呢?

B 4 호선을 타세요. 그리고 명동역에서 내리시면 됩니다.

sa.ho.so*.neul/ta.se.yo//geu.ri.go/myo*ng.dong.yo*.ge.so*/ne*.ri.si.myo*n/dwem.ni.da

請搭 4 號線,然後在明洞站下車就可以了。

A 고맙습니다.

go.map.sseum.ni.da

謝謝您。

延伸句型

▶ 1번출구로 나가세요.
il.bo*n.chul.gu.ro/na.ga.se.yo
請從 1 號出口出去。

▶ 여기서 얼마나 가야 되죠?
yo*.gi.so*/o*l.ma.na/ga.ya/dwe.jyo
從這裡還要再搭幾站呢?

▶ 3정거장만 더 가면 돼요.
se.jo*ng.go*.jang.man/do*/ga.myo*n/dwe*.yo
再搭三站就可以了。

▶ 지하철 2호선을 타세요.
ji.ha.cho*l/i.ho.so*.neul/ta.se.yo
請搭地鐵 2 號線。

▶ 4호선 파란색 라인을 타세요.
sa.ho.so*n/pa.ran.se*k/ra.i.neul/ta.se.yo
請搭藍色的四號線。

▶ 어느 역에서 내려야 돼요?
o*.neu/yo*.ge.so*/ne*.ryo*.ya/dwe*.yo
我該在那一站下車呢?

▶ 종로5가역에서 내리세요.
jong.no.o.ga.yo*.ge.so*/ne*.ri.se.yo
請在鐘路 5 街下車。

▶ 실례합니다. 이 지하철이 이태원까지 가나
요?
sil.lye.ham.ni.da//i/ji.ha.cho*.ri/i.te*.won.ga.ji/ga.na.yo
不好意思,請問這地鐵會到梨泰院嗎?

▶ 지하철을 타고 가면 얼마나 걸립니까?

ji.ha.cho*.reul/ta.go/ga.myo*n/o*l.ma.na/go*l.lim.
ni.ga

如果搭地鐵去的話，會花多少時間呢？

▶ 동대문운동장에 가려면 이 지하철을 탑니까?

dong.de*.mu.nun.dong.jang.e/ga.ryo*.myo*n/i/ji.
ha.cho*.reul/tam.ni.ga

如果要去東大門運動場，是搭這個地鐵嗎？

▶ 1호선을 타면 회기역에 도착할 수 있습니
까?

il.ho.so*.neul/ta.myo*n/hwe.gi.yo*.ge/do.cha.kal/
ssu/it.sseum.ni.ga

如果搭 1 號線，可以到達回基站嗎？

Unit 07 詢問是否需要換乘

重點單字

갈아 타다

ga.ra/ta.da

換乘

會話

A 이 지하철이 여의도까지 가나요?

i/ji.ha.cho*.ri/yo*.ui.do.ga.ji/ga.na.yo

這地鐵會到汝矣島嗎？

B 아니오. 이 지하철은 1호선이에요. 지하철 5호선으로 갈아타야 돼요.

a.ni.o//i/ji.ha.cho*.reun/il.ho.so*.ni.e.yo//ji.ha.cho*l/o.ho.so*.neu.ro/ga.ra.ta.ya/dwe*.yo

不會，這條是 1 號線。您必須要轉搭 5 號線。

A 그럼 제가 어느 역에서 갈아타야 합니까?

geu.ro*m/je.ga/o*.neu/yo*.ge.so*/ga.ra.ta.ya/ham.ni.ga

那我該在那一站轉車呢？

B 다음 신길역에서 5호선을 갈아타세요. 그리고 여의도역에서 내리시면 돼요.

da.eum/sin.gi.ryo*.ge.so*/o.ho.so*.neul/ga.ra.ta.se.yo//geu.ri.go/yo*.ui.do.yo*.ge.so*/ne*.ri.si.myo*n/dwe*.yo

請在下一站新吉站轉搭 5 號線，然後在汝矣島站下車就可以了。

Ⓐ 대단히 감사합니다.
de*.dan.hi/gam.sa.ham.ni.da
非常感謝。

延伸句型

▶ 압구정을 가려면 여기서 갈아타야 돼요?
ap.gu.jo*ng.eul/ga.ryo*.myo*n/yo*.gi.so*/ga.ra.ta.
ya/dwe*.yo
如果要去狎鷗亭，要在這裡換乘嗎？

▶ 환승해야 하나요?
hwan.seung.he*.ya/ha.na.yo
要換乘嗎？

▶ 서울역에서 4호선을 환승하시면 됩니다.
so*.ul.lyo*.ge.so*/sa.ho.so*.neul/hwan.seung.ha.si.
myo*n/dwem.ni.da
在首爾站換乘 4 號線就可以了。

▶ 어디서 지하철을 갈아타죠?
o*.di.so*/ji.ha.cho*.reul/ga.ra.ta.jyo
請問在哪裡換地鐵？

▶ 을지로3가역에서 갈아타세요.
eul.jji.ro.sam.ga.yo*.ge.so*/ga.ra.ta.se.yo
請在乙支路 3 街站換乘。

▶ 홍대입구에 가려면 여기서 갈아타는 게 맞나요?
hong.de*.ip.gu.e/ga.ryo*.myo*n/yo*.gi.so*/ga.ra.ta.
neun/ge/man.na.yo
如果要去弘大入口的話，是在這裡換乘，沒錯吧？

Unit 08 哪裡有公車站

重 點 單 字

버스 정류장

bo*.seu/jo*ng.nyu.jang

公車站

會 話

A 인사동으로 가는 버스가 몇 번입니까?

in.sa.dong.eu.ro/ga.neun/bo*.seu.ga/myo*t/bo*.nim.
ni.ga

往仁寺洞的公車是幾號呢？

B 264 번 버스를 타면 인사동에 갈 수 있습니다.

i.be*.gyuk.ssip.ssa.bo*n/bo*.seu.reul/ta.myo*n/in.
sa.dong.e/gal/ssu/it.sseum.ni.da

搭乘 264 公車就可以到達仁寺洞。

A 버스는 얼마나 기다려야 합니까?

bo*.seu.neun/o*l.ma.na/gi.da.ryo*.ya/ham.ni.ga

公車要等多久呢？

B 버스는 15분에 한번씩 있습니다.

bo*.seu.neun/si.bo.bu.ne/han.bo*n.ssik/it.sseum.ni.
da

每隔 15 分會有一班公車。

A 버스 정류장은 어디입니까?

bo*.seu/jo*ng.nyu.jang.eun/o*.di.im.ni.ga

公車站在哪裡呢？

• track 180

B 길 맞은편에 있습니다.

gil/ma.jeun.pyo*.ne/it.sseum.ni.da

在馬路的對面。

A 감사합니다.

gam.sa.ham.ni.da

謝謝您。

延伸句型

▶가장 가까운 버스 정류장이 어디에 있습
니까?

ga.jang/ga.ga.un/bo*.seu/jo*ng.nyu.jang.i/o*.di.e/it.
sseum.ni.ga

最近的公車站在哪裡？

▶이 근처에 버스 정류장이 있습니까?

i/geun.cho*.e/bo*.seu/jo*ng.nyu.jang.i/it.sseum.ni.ga

這附近有公車站嗎？

▶네. 저 우체국 옆에 있습니다.

ne//jo*/u.che.guk/yo*.pe/it.sseum.ni.da

有的，在那個郵局旁邊。

▶저를 버스 정류장까지 데려다 줘도 됩니까?

jo*.reul/bo*.seu/jo*ng.nyu.jang.ga.ji/de.ryo*.da/
jwo.do/dwem.ni.ga

可以帶我到公車站嗎？

▶그 학교 앞에 버스 정류장이 하나 있습니
다.

geu/hak.gyo/a.pe/bo*.seu/jo*ng.nyu.jang.i/ha.na/it.
sseum.ni.da

那學校的前面有一個公車站。

Unit 09 詢問搭幾號公車

重點單字
직통 버스

jik.tong/bo*.seu

直達公車

會話

A 남산공원에 가려면 몇 번 버스를 타야 되나요?

nam.san.gong.wo.ne/ga.ryo*.myo*n/myo*t/bo*n/
bo*.seu.reul/ta.ya/dwe.na.yo

請問去南山公園，要搭乘幾號公車呢？

B 직통 버스는 있어요. 810번 버스를 타면 도착할 수 있어요.

jik.tong/bo*.seu.neun/i.sso*.yo///pal.be*k.ssip.bo*
n/bo*.seu.reul/ta.myo*n/do.cha.kal/ssu/i.sso*.yo

有直達的公車，搭 810 公車就可以抵達。

A 가르쳐 주셔서 감사합니다.

ga.reu.cho*/ju.syo*.so*/gam.sa.ham.ni.da

謝謝您告訴我。

延伸句型

▶ 몇 번 버스를 타야 합니까?

myo*t/bo*n/bo*.seu.reul/ta.ya/ham.ni.ga

該搭幾號公車呢？

▶ 먼저 이 버스를 타고 충무로까지 가세요.

mo*n.jo*/i/bo*.seu.reul/ta.go/chung.mu.ro.ga.ji.ga.

se.yo

請先搭這班公車到忠武路。

▶거기서 810 번 버스를 타면 목적지에 갈
수 있어요.

go*.gi.so*/pal.be*k.ssip.bo*n/bo*.seu.reul/ta.myo*
n/mok.jjo*k.jji.e/gal/ssu/i.sso*.yo

然後在那裡搭 810 號公車，就可以到達目的地。

▶그리고 여기서 234 번버스를 타면 도착할
수 있습니다.

geu.ri.go*/yo*.gi.so*/i.be*k.ssam.sip.ssa.bo*n.bo*.
seu.reul/ta.myo*n/do.cha.kal/ssu/it.sseum.ni.da

然後在這裡搭 234 公車，就可以到達。

▶120번 버스를 타세요.

be*.gi.sip.bo*n/bo*.seu.reul/ta.se.yo

請搭 120 號公車。

▶서울대로 가는 버스가 몇 번이에요?

so*.ul.de*.ro/ga.neun/bo*.seu.ga/myo*t/bo*.ni.e.yo

去首爾大學的公車是幾號？

Unit 10 詢問公車路線

重點單字

노선

no.so*n

路線

會話

Ⓐ 실례합니다. 이 노선의 버스는 롯데월드에 갑니까?

sil.lye.ham.ni.da//i/no.so*.nui/bo*.seu.neun/rot.de.wol.deu.e/gam.ni.ga

請問一下，這路線的公車會到樂天世界嗎？

Ⓑ 네. 롯데월드에 갑니다. 그리고 816번 버스도 거기에 갑니다.

ne//rot.de.wol.deu.e/gam.ni.da//geu.ri.go/pal.be*k.ssi.byuk.bo*n/bo*.seu.do/go*.gi.e/gam.ni.da

是的，可以到樂天世界。還有 816 號公車也可以去那裡。

Ⓐ 대단히 고맙습니다.

de*.dan.hi/go.map.sseum.ni.da

非常感謝您。

延伸句型

▶한국민속촌을 가려면 차를 어떻게 타야 합니까?

han.gung.min.sok.cho.neul/ga.ryo*.myo*n/cha.reul/o*.do*.ke/ta.ya/ham.ni.ga

如果要去韓國民俗村，該怎麼搭車呢？

• track 184

▶먼저 이 버스를 타고 종점에 도착한 후 다시 866번 버스로 바꿔 타세요.

mo*n.jo*/i.bo*.seu.reul/ta.go/jong.jo*.me/do.cha.kan/hu/da.si/pal.be*.gyuk.ssi.byuk.bo*n/bo*.seu.ro/ba.gwo/ta.se.yo

先搭這班公車到終點站，再轉搭 816 號公車。

▶관광버스를 타고 가도 되는데 매우 편리합니다.

gwan.gwang.bo*.seu.reul/ta.go/ga.do/dwe.neun.de/me*.u/pyo*l.li.ham.ni.da

也可以搭乘觀光巴士，非常便利。

▶시내 가는 버스가 있습니까?

si.ne*.ga.neun/bo*.seu.ga/it.sseum.ni.ga

有去市區的公車嗎？

▶이 버스는 코엑스몰에 갑니까?

i/bo*.seu.neun/ko.ek.sseu.mo.re/gam.ni.ga

這公車會到 COEX MALL 嗎？

▶약 4 개 정거장을 지나면 국립중앙박물관에 도착해요.

yak/ne.ge*/jo*ng.go*.jang.eul/jji.na.myo*n/gung.nip.jjung.ang.bang.mul.gwa.ne/do.cha.ke*.yo

大約過 4 個站，就會到達國立中央博物館。

Unit 11 詢問搭公車事宜

重點單字

요금

yo.geum

費用

會話

Ⓐ 여기서 버스를 기다리면 되죠?

yo*.gi.so*/bo*.seu.reul/gi.da.ri.myo*n/dwe.jyo

在這裡搭公車就可以了吧？

Ⓑ 여기가 아니고 길 건너편에서 버스를 타세요.

yo*.gi.ga/a.ni.go/gil/go*n.no*.pyo*.ne.so*/bo*.seu.reul/ta.se.yo

不是這裡，請在馬路對面搭公車。

延伸句型

▶ 버스 요금은 얼마입니까?

bo*.seu/yo.geu.meun/o*l.ma.im.ni.ga

公車費是多少錢？

▶ 일인당 900원입니다.

i.rin.dang/gu.be*.gwo.nim.ni.da

一個人是 900 元。

▶ 버스로 가면 몇 시간 걸립니까?

bo*.seu.ro/ga.myo*n/myo*t/si.gan/go*l.lim.ni.ga

搭公車去的話，要花多久時間？

▶버스를 갈아타야 합니까?
bo*.seu.reul/ga.ra.ta.ya/ham.ni.ga
需要轉車嗎？

▶한번 갈아타야 합니다.
han.bo*n/ga.ra.ta.ya/ham.ni.da
需要轉搭一次車。

▶보통 20분에 한대씩 버스가 오거든요.
bo.tong.i.sip.bu.ne/han.de*.ssik/bo*.seu.ga/o.go*.
deu.nyo
通常每 20 分鐘會來一班車。

▶직통 버스는 없어요. 갈아타야 됩니다.
jik.tong/bo*.seu.neun/o*p.sso*.yo//ga.ra.ta.ya/
dwem.ni.da
沒有直達公車，必須要轉車。

Unit 12 詢問搭公車人數多寡

重點單字

붐비다

bum.bi.da

擁擠

會話

Ⓐ 인사동에 가는 버스가 왔습니다.

in.sa.dong.e/ga.neun/bo*.seu.ga/wat.sseum.ni.da

往仁寺洞的公車來了。

Ⓑ 와. 사람이 많네요.

wa//sa.ra.mi/man.ne.yo

哇！人好多喔！

Ⓐ 지금은 퇴근시간이라서 버스 안이 당연히 붐빕니다.

ji.geu.meun/twe.geun.si.ga.ni.ra.so*/bo*.seu/a.ni/dang.yo*n.hi/bum.bim.ni.da

因為現在是下班時間，公車內當然很擁擠。

Ⓑ 그럼 제가 다음 버스를 기다리겠습니다.

geu.ro*m/je.ga/da.eum/bo*.seu.reul/gi.da.ri.get.sseum.ni.da

那我等下一班公車。

Ⓐ 기다리지 말고 얼른 타세요. 이 시간은 언제나 사람이 많아요.

gi.da.ri.ji/mal.go/o*l.leun/ta.se.yo//i/si.ga.neun/o*n.je.na/sa.ra.mi/ma.na.yo

不要等，趕快上車吧！這個時間人都很多。

延伸句型

▶버스 요금은 비싸나요?
bo*.seu/yo.geu.meun/bi.ssa.na.yo
車費很貴嗎?

▶그리 비싸지 않아요.
geu.ri/bi.ssa.ji/a.na.yo
不怎麼貴。

▶천원입니다.
cho*.nwo.nim.ni.da
一千元。

▶버스에 타는 사람이 많아요?
bo*.seu.e/ta.neun/sa.ra.mi/ma.na.yo
搭公車的人多嗎?

▶네, 많습니다.
ne//man.sseum.ni.da
是的,很多。

▶아니요, 별로 많지 않습니다.
a.ni.yo//byo*l.lo/man.chi/an.sseum.ni.da
不會,不怎麼多。

▶거의 사람이 없습니다.
go*.ui/sa.ra.mi/o*p.sseum.ni.da
幾乎沒有人。

▶주말이 아니라서 거의 언제나 빕니다.
ju.ma.ri/a.ni.ra.so*/go*.ui/o*n.je.na/bim.ni.da
因為不是假日,所以幾乎空著。

Unit 13 詢問是否可以步行抵達

重點單字

가깝다

ga.gap.da

近

會 話

Ⓐ 여기서 신촌에 가려면 걸어가도 되는 거죠?

yo*.gi.so*/sin.cho.ne/ga.ryo*.myo*n/go*.ro*.ga.do/dwe.neun/go*.jyo

如果要從這裡去新村，用走得也可以吧？

Ⓑ 네. 걸어가도 됩니다.

ne//go*.ro*.ga.do/dwem.ni.da

是的，用走得也可以。

Ⓐ 이 방향으로 갑니까?

i/bang.hyang.eu.ro/gam.ni.ga

這往這個方向嗎？

Ⓑ 네. 이 방향으로 10 분쯤 걸어가시면 도착할 수 있습니다.

ne//i/bang.hyang.eu.ro/sip.bun.jjeum/go*.ro*.ga.si.myo*n/do.cha.kal/ssu/it.sseum.ni.da

對，往這個方向大概走個十分鐘，就可以抵達。

Ⓐ 정말 감사합니다.

jo*ng.mal/gam.sa.ham.ni.da

非常謝謝您。

• track 190

B 아니에요.

a.ni.e.yo

不會。

延伸句型

▶ 롯데백화점이 여기서 가깝습니까?

rot.de.be*.kwa.jo*.mi/yo*.gi.so*/ga.gap.sseum.ni.ga

樂天百貨離這裡近嗎?

▶ 걸어서 갈 수 있습니까?

go*.ro*.so*/gal/ssu.it.sseum.ni.ga

用走得可以到嗎?

▶ 걸어서 가면 시간이 얼마나 걸려요?

go*.ro*.so*/ga.myo*n/si.ga.ni/o*l.ma.na/go*l.lyo*.yo

如果用走的去,會花多久時間呢?

▶ 가까워요?

ga.ga.wo.yo

很近嗎?

▶ 아니요. 좀 멀어요.

a.ni.yo//jom/mo*.ro*.yo

不,有點遠。

▶ 버스를 타는 게 더 좋을 것 같아요.

bo*.seu.reul/ta.neun.ge/do*/jo.eul/go*t/ga.ta.yo

搭公車去會比較好。

▶ 이 길을 바로 가면 63 빌딩에 도착할 수 있어요?

i/gi.reul/ba.ro/ga.myo*n/yuk.ssam.bil.ding.e/do.cha.kal/ssu/i.sso*.yo

沿著這條路走,可以到達 63 大廈嗎?

▶남대문 시장에 가고 싶으면 걸어서 가세요.
nam.de*.mun/si.jang.e/ga.go/si.peu.myo*n/go*.ro*.
so*/ga.se.yo
如果你想去南大門市場，就用走得去吧！

▶아마 5분쯤 걸립니다.
a.ma/o.bun.jjeum/go*l.lim.ni.da
大概會花 5 分鐘的時間。

▶멀지 않아요. 지하철을 탈 필요가 없습니다.
mo*l.ji/a.na.yo./ji.ha.cho*.reul/tal/pi.ryo.ga/o*p.
sseum.ni.da
不遠，不需要搭地鐵。

▶걸어서 가면 도착할 수 있습니까?
go*.ro*.so*/ga.myo*n/do.cha.kal/ssu/it.sseum.ni.ga
用走得可以到嗎？

• track 192

Unit 14 詢問火車站在哪裡

重點單字

기차역

gi.cha.yo*k

火車站

會話

A 실례합니다. 기차역까지 어떻게 갑니까?

sil.lye.ham.ni.da//gi.cha.yo*k.ga.ji/o*.do*.ke/gam.

ni.ga

請問一下，該怎麼去火車站呢？

B 이길을 따라서 계속 가시면 기차역입니다.

i.gi.reul/da.ra.so*/gye.sok/ga.si.myo*n/gi.cha.yo*.

gim.ni.da

沿著這條路一直走，就是火車站了。

A 이쪽으로 간다고요?

i.jjo.geu.ro/gan.da.go.yo

你是説往這方向走嗎？

B 네.

ne

是的。

A 감사합니다.

gam.sa.ham.ni.da

謝謝。

延伸句型

▶여기서 기차역이 멀어요?
yo*.gi.so*/gi.cha.yo*.gi/mo*.ro*.yo
這裡離火車站很遠嗎？

▶기차역이 어디에 있습니까?
gi.cha.yo*.gi/o*.di.e/it.sseum.ni.ga
火車站在哪裡呢？

▶이쪽으로 똑바로 가시면 기차역이 보일 겁니다.
i.jjo.geu.ro/dok.ba.ro/ga.si.myo*n/gi.cha.yo*.gi/bo.il/go*m.ni.da
往這方向一直走，就會看到火車站。

▶기차역으로 가려면 어떻게 갑니까?
gi.cha.yo*.geu.ro/ga.ryo*.myo*n/o*.do*.ke/gam.ni.ga
如果想要去火車站，該怎麼去呢？

▶이 근처의 기차역을 어떻게 가야합니까?
i/geun.cho*.ui/gi.cha.yo*.geul/o*.do*.ke/ga.ya.ham.ni.ga
請問該怎麼去這附近的火車站呢？

• track 194

Unit 15 買火車票

重點單字

기차표

gi.cha.pyo

火車票

會話

A 좀 여쭤 볼게요. 기차표를 어디서 사야 하나요?

jom/yo*.jjwo/bol.ge.yo//gi.cha.pyo.reul/o*.di.so*/ sa.ya/ha.na.yo

請問一下，火車票在哪買呢？

B 표를 파는 곳이 저쪽에 있습니다.

pyo.reul/pa.neun/go.si/jo*.jjo.ge/it.sseum.ni.da

售票處在那裡。

延伸句型

▶ 왕복은 얼마예요?

wang.bo.geun/o*l.ma.ye.yo

往返多少錢呢？

▶ 부산에 가는 기차표 하나 주세요.

bu.sa.ne/ga.neun/gi.cha.pyo/ha.na/ju.se.yo

請給我一張去釜山的火車票。

▶ 대구에 가는 표가 아직 있습니까?

de*.gu.e/ga.neun/pyo.ga/a.jik/it.sseum.ni.ga

還有去大邱的火車票嗎？

Unit 16 詢問搭火車事宜

重點單字

열차

yo*l.cha

列車

會話

A 이 열차는 대전에 갑니까?

i/yo*l.cha.neun/de*.jo*.ne/gam.ni.ga

這列車會去大田嗎?

B 네.

ne

會的。

延伸句型

▶ 다음 정거장은 어디입니까?

da.eum/jo*ng.go*.jang.eun/o*.di.im.ni.ga

下一站是哪裡?

▶ 몇시에 서울에서 출발합니까?

myo*t.ssi.e/so*.u.re.so*/chul.bal.ham.ni.ga

幾點從首爾發車?

▶ 부산에 가려고 하는데 이 열차를 타야 합니까?

bu.sa.ne/ga.ryo*.go/ha.neun.de/i.yo*l.cha.reul/ta.ya/ham.ni.ga

我要去釜山,應該搭這班列車嗎?

▶광주에 도착하는데 몇 시간 걸립니까?
gwang.ju.e/do.cha.ka.neun.de/myo*t/si.gan/go*l.
lim.ni.ga
抵達光州需要多久的時間？

▶약 두 시간반 걸립니다.
yak/du.si.gan.ban/go*l.lim.ni.da
大約要 2 個小時半。

▶실례합니다. 대구에 가는 기차는 몇시에
출발합니까?
sil.lye.ham.ni.da//de*.gu.e/ga.neun/gi.cha.neun/
myo*t.ssi.e/chul.bal.ham.ni.ga
請問一下，往大邱的列車幾點出發？

▶오후 세시 사십분입니다.
o.hu/se.si/sa.sip.bu.nim.ni.da
下午三點四十分。

▶그 열차는 어느 플랫폼에서 개찰합니까?
geu/yo*l.cha.neun/o*.neu/peul.le*t.po.me.so*/ge*.
chal.ham.ni.ga
那列車是從哪一月台開出？

Unit 17 搭計程車

重點單字

택시
te*k.ssi
計程車

會話

Ⓐ 안녕하세요. 손님, 어디까지 가세요?
an.nyo*ng.ha.se.yo//son.nim//o*.di.ga.ji/ga.se.yo
您好！先生（小姐）您要去哪裡？

Ⓑ 이 주소로 가 주십시오.
i/ju.so.ro/ga/ju.sip ssi.o
請到這個地址。

Ⓐ 네. 알겠습니다.
ne//al.get.sseum.ni.da
好的。

延伸句型

▶ 어디로 모실까요?
o*.di.ro/mo.sil.ga.yo
要載您到哪裡呢？

▶ 저기요. 택시를 좀 불러 주시겠습니까?
jo*.gi.yo//te*k.ssi.reul/jjom/bul.lo*/ju.si.get.sseum.
ni.ga
先生（小姐），可以幫我叫計程車嗎？

▶ 실례합니다. 어디서 택시를 타요?
sil.lye.ham.ni.da//o*.di.so*/te*k.ssi.reul/ta.yo
打擾一下，請問要在哪搭計程車呢？

• track 198

▶서울타워로 가 주세요.
so*.ul.ta.wo.ro/ga/ju.se.yo
請帶我去首爾塔。

▶기사 아저씨, 용산으로 가려고 하는데요.
gi.sa/a.jo*.ssi//yong.sa.neu.ro/ga.ryo*.go/ha.neun.
de.yo
司機叔叔，我想要去龍山。

▶저는 기차역에 가려고 합니다.
jo*.neun/gi.cha.yo*.ge/ga.ryo*.go/ham.ni.da
我要去火車站。

Unit 18 到達目的地

重點單字
도착하다
do.cha.ka.da
到達

會話

A 손님, 다 왔습니다.
son.nim//da/wat.sseum.ni.da
先生（小姐），已經到了。

B 여기가 서울타워예요?
yo*.gi.ga/so*.ul.ta.wo.ye.yo
這裡是首爾塔嗎？

A 네, 바로 여기입니다.
ne//ba.ro/yo*.gi.im.ni.da
是的，就是這裡。

B 얼마예요?
o*l.ma.ye.yo
多少錢呢？

A 구천원입니다.
gu.cho*.nwo.nim.ni.da
9000 元。

B 돈 여기 있습니다. 감사합니다.
don/yo*.gi/it.sseum.ni.da//gam.sa.ham.ni.da
錢在這裡，謝謝您。

延伸句型

▶아저씨, 여기서 내려 주세요.
a.jo*.ssi//yo*.gi.so*/ne*.ryo*/ju.se.yo
大叔，我要在這裡下車。

▶손님, 도착하셨습니다.
son.nim//do.cha.ka.syo*t.sseum.ni.da
先生（小姐），已經到了。

▶여기에 세워 주십시오.
yo*.gi.e/se.wo/ju.sip.ssi.o
請在這裡停車。

▶아저씨, 여기입니다. 좀 세워 주세요.
a.jo*.ssi//yo*.gi.im.ni.da//jom/se.wo/ju.se.yo
司機先生，就是這裡。請停車。

▶저를 차에서 내려 주십시오.
jo*.reul/cha.e.so*/ne*.ryo*.ju.sip.ssi.o
請讓我下車。

Unit 19 詢問需要多久時間

重點單字

길이 막히다

gi.ri/ma.ki.da

塞車

會話

Ⓐ 거기까지 가려면 얼마나 걸려요?

go*.gi.ga.ji/ga.ryo*.myo*n/o*l.ma.na/go*l.lyo*.yo

去那裡要花多久的時間呢？

Ⓑ 길이 막히지 않으면 약 오십분 걸립니다.

gi.ri/ma.ki.ji/a.neu.myo*n/yak/o.sip.bun/go*l.lim.ni.da

不塞車的話，差不多要 50 分鐘。

Ⓐ 그럼 4시까지 충분히 도착할 수 있겠네요.

geu.ro*m/ne.si.ga.ji/chung.bun.hi/do.cha.kal/ssu/it.gen.ne.yo

那 4 點以前一定可以到達囉！

Ⓑ 네. 그렇습니다.

ne//geu.ro*.sseum.ni.da

是的，沒錯。

延伸句型

▶ 시간이 얼마나 걸릴까요?

si.ga.ni/o*l.ma.na/go*l.lil.ga.yo

需要多久時間呢？

▶차가 막히지 않는다면 20분이면 됩니다.
cha.ga/ma.ki.ji/an.neun.da.myo*n/i.sip.bu.ni.myo*n/dwem.ni.da

不塞車的話，20分就夠了。

▶아저씨, 좀 빨리 가주세요.
a.jo*.ssi//jom/bal.li/ga.ju.se.yo

司機叔叔，請開快一點。

▶죄송하지만 좀 빨리 달려 주세요.
jwe.song.ha.ji.man/jom/bal.li/dal.lyo*/ju.se.yo

不好意思，請開快一點。

▶저는 비행기를 타야 하는데 빨리 가 주시겠습니까?
jwe.jo*.neun/bi.he*ng.gi.reul/ta.ya/ha.neun.de/bal.li/ga/ju.si.get.sseum.ni.ga

我趕著搭飛機，可以請您開快一點嗎？

Unit 20 租車

重點單字

자동차를 빌리다

ja.dong.cha.reul/bil.li.da

租車

會話

Ⓐ 자동차를 빌리려고 하는데요.

ja.dong.cha.reul/bil.li.ryo*.go/ha.neun.de.yo

我想要租車。

Ⓑ 어떤 차를 원하십니까?

o*.do*n/cha.reul/won.ha.sim.ni.ga

您要哪種車呢?

Ⓐ 소형차면 됩니다.

so.hyo*ng.cha.myo*n/dwem.ni.da

小型車就可以了。

Ⓑ 며칠 빌리시겠어요?

myo*.chil/bil.li.si.ge.sso*.yo

您要租幾天呢?

Ⓐ 사흘이요.

sa.heu.ri.yo

三天。

延伸句型

▶ 국제 면허증 있으세요?

guk.jje/myo*n.ho*.jeung/i.sseu.se.yo

您有國際駕駛執照嗎?

▶국제 면허증 없는데요. 기사가 필요해요.

guk.jje/myo*n.ho*.jeung/o*m.neun.de.yo/gi.sa.ga/

pi.ryo.he*.yo

我沒有國際駕駛執照,我需要司機。

▶중형차이면 좋겠어요.

jung.hyo*ng.cha.i.myo*n/jo.ke.sso*.yo

我想租中型車。

▶하루 요금이 얼마예요?

ha.ru/yo.geu.mi/o*l.ma.ye.yo

一天租金多少呢?

▶하루는 6만원입니다.

ha.ru.neun/yung.ma.nwo.nim.ni.da

一天 6 萬元。

▶기사를 포함하면 하루 15만원입니다.

gi.sa.reul/po.ham.ha.myo*n/ha.ru/si.bo.ma.nwo.

nim.ni.da

包含司機的話,一天 15 萬元。

Chapter 6

購物

Unit 01 店員主動招呼

重點單字

어서 오세요.

o*.so*/o.se.yo

歡迎光臨

會話

Ⓐ 어서 오세요. 무엇을 도와 드릴까요?

o*.so*/o.se.yo//mu.o*.seul/do.wa/deu.ril.ga.yo

歡迎光臨,有什麼需要幫忙的嗎?

Ⓑ 예쁜 목거리를 찾고 있습니다.

ye.beun/mok.go*.ri.reul/chat.go/it.sseum.ni.da

我在找漂亮的項鍊。

延伸句型

▶ 무엇을 도와 드릴까요?

mu.o*.seul/do.wa/deu.ril.ga.yo

有什麼需要幫忙的嗎?

▶ 천천히 구경하세요.

cho*n.cho*n.hi/gu.gyo*ng.ha.se.yo

慢慢看。

▶ 천천히 골라 주세요.

cho*n.cho*n.hi/gol.la/ju.se.yo

請慢慢(盡情)挑選。

Unit 02 詢問客人的需求

重點單字

부르다

bu.reu.da

呼叫

會話

Ⓐ 도움이 필요하시면 저를 불러 주세요.

do.u.mi/pi.ryo.ha.si.myo*n/jo*.reul/bul.lo*/ju.se.yo

如果需要幫忙，請叫我來。

Ⓑ 네.

ne

好的。

延伸句型

▶ 손님, 어떤 것에 관심이 있으세요?

son.nim//o*.do*n/go*.se/gwan.si.mi/i.sseu.se.yo

先生(小姐)，您想看什麼呢？

▶ 뭘 찾으시는 것은 없으세요?

mwol/cha.jeu.si.neun/go*.seun/o*p.sseu.se.yo

您有要找的嗎？

▶ 제가 소개해 드릴까요?

je.ga/so.ge*.he*/deu.ril.ga.yo

需要為您介紹嗎？

▶ 소개해 드릴 필요가 있으세요?

so.ge*.he*/deu.ril/pi.ryo.ga/i.sseu.se.yo

有需要為您做介紹嗎？

▶무엇을 찾고 계세요?
mu.o*.seul/chat.go/gye.se.yo
您在找什麼呢？

▶어떤 종류를 원하십니까?
o*.do*n/jong.nyu.reul/won.ha.sim.ni.ga
您要哪種呢？

▶어떤 물건을 찾고 계십니까?
o*.do*n/mul.go*.neul/chat.go/gye.sim.ni.ga
您在找什麼東西嗎？

▶어느 특정 브랜드를 원하십니까?
o*.neu/teuk.jjo*ng/beu.re*n.deu.reul/won.ha.sim.ni.ga
有特別想要哪種特定的品牌嗎？

▶사이즈가 어떻게 되십니까?
sa.i.jeu.ga/o*.do*.ke/dwe.sim.ni.ga
您的尺寸是多少呢？

▶이 유형은 마음에 드세요?
i/yu.hyo*ng.eun/ma.eu.me/deu.se.yo
這類型您滿意嗎？

▶이 유형을 좋아하세요?
i/yu.hyo*ng.eul/jjo.a.ha.se.yo
您喜歡這種類型嗎？

▶특별히 좋아하는 유형이 있으세요?
teuk.byo*l.hi/jo.a.ha.neun/yu.hyo*ng.i/i.sseu.se.yo
您有特別喜歡的類型嗎？

▶어떤 스타일 옷을 찾고 계세요?
o*.do*n/seu.ta.il/o.seul/chat.go/gye.se.yo
您在找什麼樣式的衣服呢？

Unit 03 說服購買

重點單字

어울리다
o*.ul.li.da

合適

會 話

A 품질은 괜찮죠?

pum.ji.reun/gwe*n.chan.chyo

品質還可以吧？

B 네.

ne

是的。

延伸句型

▶ 이 가격이 적당합니다.

i/ga.gyo*.gi/jo*k.dang.ham.ni.da

這價格很合理。

▶ 싸게 드릴게요. 하나 사세요.

ssa.ge/deu.ril.ge.yo//ha.na/sa.se.yo

我算您便宜一點，買一個吧！

▶ 지금은 세일기간이라서 안 사면 진짜 아
깝습니다.

ji.geu.meun/se.il.gi.ga.ni.ra.so*/an/sa.myo*n/jin.jja/
a.gap.sseum.ni.da

現在是特價期間，不買真的可惜。

▶이것들은 염가 판매 중인 가방들입니다.
i.go*t.deu.reun/yo*m.ga/pan.me*/jung.in/ga.bang.
deu.rim.ni.da

這些是廉價拍賣的包包。

▶이건 마지막이에요. 안 사면 후회하실 겁
니다.
i.go*n/ma.ji.ma.gi.e.yo//an.sa.myo*n/hu.hwe.ha.sil/
go*m.ni.da

這是最後一件了，不買會後悔的。

▶이건 아주 좋은 것입니다.
i.go*n/a.ju/jo.eun/go*.sim.ni.da

這是很好的東西。

▶손님과 아주 잘 어울립니다.
son.nim.gwa/a.ju/jal/o*.ul.lim.ni.da

和客人您很相配。

▶이것이 손님이 찾으시는 거예요?
i.go*.si/son.ni.mi/cha.jeu.si.neun/go*.ye.yo

這是客人您在找的東西嗎？

▶마음에 드시지 않으면 다른 것을 보여 드
릴게요.
ma.eu.me/deu.si.ji/a.neu.myo*n/da.reun/go*.seul/
bo.yo*/deu.ril.ge.yo

如果您不滿意，我拿其他的給您看。

▶어느 것도 손님한테 아주 잘 어울리네요.
o*.neu/go*t.do/son.nim.han.te/a.ju/jal/o*.ul.li.ne.yo

每一樣都很適合您呢！

▶ 이것이 내구성이 강합니다.
i.go*.si/ne*.gu.so*ng.i/gang.ham.ni.da
這很耐用。

▶ 이것을 가족한테 선물하시면 좋아할 거예요.
i.go*.seul/ga.jo.kan.te/so*n.mul.ha.si.myo*n/jo.a.
hal/go*.ye.yo
把這送給家人，他們會喜歡的。

▶ 아마도 이건 맘에 드실 겁니다.
a.ma.do/i.go*n/ma.me/deu.sil/go*m.ni.da
這也許您會喜歡。

• track 211

Unit 04 購買特定商品

重點單字

넥타이

nek.ta.i

領帶

會話

Ⓐ 여기 넥타이를 팝니까?

yo*.gi/nek.ta.i.reul/pam.ni.ga

這裡有賣領帶嗎?

Ⓑ 네. 여기 있습니다.

ne//yo*.gi/it.sseum.ni.da

有的,在這裡。

延伸句型

▶ 이제 곧 겨울이니까 카디건을 사고 싶어요.

i.je/got/gyo*.u.ri.ni.ga/ka.di.go*.neul/ssa.go/si.po*.

yo

馬上就要冬天了,所以想買羊毛衣。

▶ 엽서를 사고 싶은데 여기 있습니까?

yo*p.sso*.reul/ssa.go/si.peun.de/yo*.gi/it.sseum.ni.

ga

我想買明信片,這裡有嗎?

▶ 분홍색 치마를 찾고 있습니다.

bun.hong.se*k/chi.ma.reul/chat.go/it.sseum.ni.da

我在找粉紅色的裙子。

▶허리띠를 보고 싶은데요.
ho*.ri.di.reul/bo.go/si.peun.de.yo
我想看皮帶。

▶핸드백을 사고 싶어요.
he*n.deu.be*.geul/ssa.go/si.po*.yo
我想買手提包。

▶남자친구에게 줄 선물을 찾습니다.
nam.ja.chin.gu.e.ge/jul/so*n.mu.reul/chat.sseum.ni.
da
我在找送給男朋友的禮物。

▶저는 목도리 하나를 사려고 합니다.
jo*.neun/mok.do.ri/ha.na.reul/ssa.ryo*.go/ham.ni.da
我想買一條圍巾。

▶와이셔츠를 보여주시겠습니까?
wa.i.syo*.cheu.reul/bo.yo*.ju.si.get.sseum.ni.ga
可以給我看看白襯衫嗎？

Unit 05 商品介紹

重點單字

인기상품

in.gi.sang.pum

人氣商品

會話

A 이것은 우리 매장 최고 인기상품이에요.

i.go*.seun/u.ri.me*.jang/chwe.go/in.gi.sang.pu.mi.

e.yo

這是我們賣場最暢銷的商品。

B 특색이 뭐죠?

teuk.sse*.gi/mwo.jyo

有什麼特色呢?

延伸句型

▶ 지금은 파란색이 유행이에요.

ji.geu.meun/pa.ran.se*.gi/yu.he*ng.i.e.yo

現在很流行藍色。

▶ 이 에어컨은 신제품입니다.

i/e.o*.ko*.neun/sin.je.pu.mim.ni.da

這台冷氣是新製品。

▶ 이것은 올 여름 가장 인기있는 수영복입

니다.

i.go*.seun/ol/yo*.reum/ga.jang/in.gi.in.neun/su.yo*

ng.bo.gim.ni.da

這是今年夏天最受歡迎的泳裝。

• track 214

▶우선 이 예술품으로 보시죠. 디자인도 새
롭고 색상도 독특합니다.
u.so*n/i/ye.sul.pu.meu.ro/bo.si.jyo//di.ja.in.do/se*.
rop.go/se*k.ssang.do/dok.teu.kam.ni.da
先看看這個藝術品吧！不但設計新穎，連顏色也很
獨特。

▶이 옷은 색상이 여러 가지가 있습니다.
i/o.seun/se*k.ssang.i/yo*.ro*/ga.ji.ga/it.sseum.ni.da
這衣服有各種顏色。

▶손님, 추천해 드릴까요?
son.nim//chu.cho*n.he*/deu.ril.ga.yo
先生（小姐），需要為您做推薦嗎？

▶이것은 최신 유행상품입니다. 한번 보시죠.
i.go*.seun/chwe.sin/yu.he*ng.sang.pu.mim.ni.da//
han.bo*n/bo.si.jyo
這是最新的流行商品，請您看看。

▶이것은 진짜 가죽입니다.
i.go*.seun/jin.jja/ga.ju.gim.ni.da
這是真皮。

▶그것은 금으로 만든 목거리입니다.
geu.go*.seun/geu.meu.ro/man.deun/mok.go*.ri.im.
ni.da
那是用金子作成的項鍊。

▶이 물건은 한국제품입니다.
i/mul.go*.neun/han.guk.jje.pu.mim.ni.da
這是韓國製品。

▶성능도 좋고 가격도 쌉니다.
so*ng.neung.do/jo.ko/ga.gyo*k.do/ssam.ni.da
性能好，價格也便宜。

▶이것은 실크로 만든 옷입니다.
i.go*.seun/sil.keu.ro/man.deun/o.sim.ni.da
這是用絲綢製作的衣服。

▶여기에 몇 가지 수입품이 있습니다.
yo*.gi.e/myo*t/ga.ji/su.ip.pu.mi/it.sseum.ni.da
這裡有幾種進口貨。

▶이것은 노란색뿐만 아니라 빨간색도 있습니다.
i.go*.seun/no.ran.se*k.bun.man/a.ni.ra/bal.gan.se*k.do/it.sseum.ni.da
這不只有黃色，還有紅色。

▶이것은 미국에서 수입한 것입니다.
i.go*.seun/mi.gu.ge.so*/su.i.pan/go*.sim.ni.da
這是從美國輸入的。

• track 216

Unit 06 購買服飾

重點單字

복식

bok.ssik

服飾

會話

Ⓐ 어서 오세요. 무엇을 도와 드릴까요?

o*.so*/o.se.yo//mu.o*.seul/do.wa/deu.ril.ga.yo

歡迎光臨！有什麼可以幫忙嗎？

Ⓑ 올해 유행하는 복식을 좀 보고 싶은데요.

ol.he*/yu.he*ng.ha.neun/bok.ssi.geul/jjom/bo.go/si.
peun.de.yo

我想看看今年的流行服飾。

Ⓐ 원피스로 원하십니까? 아니면 캐쥬얼로
원하십니까?

won.pi.seu.ro/won.ha.sim.ni.ga//a.ni.myo*n/ke*.
jyu.o*l.lo/won.ha.sim.ni.ga

您要看連身洋裝嗎？還是休閒服飾呢？

Ⓑ 다 보여 주세요.

da/bo.yo*.ju.se.yo

都給我看看。

Ⓐ 네. 이리로 오세요.

ne//i.ri.ro/o.se.yo

好的，請來這裡。

延伸句型

▶ 상의는 어떤 걸로 선택하시겠습니까?
sang.ui.neun/o*.do*n/go*l.lo/so*n.te*.ka.si.get.
sseum.ni.ga
您要選擇哪種上衣?

▶ 이 것 말고 다른 걸 보여 주세요.
i/go*t/mal.go/da.reun/go*l/bo.yo*.ju.se.yo
我不要這個,請拿別的給我看。

▶ 저 코트는 좋군요. 보여 주시겠어요?
jo*/ko.teu.neun/jo.ku.nyo//bo.yo*.ju.si.ge.sso*.yo
那件大衣不錯耶!可以給我看看嗎?

▶ 저 옷 디자인은 마음에 드네요. 좀 볼 수
있어요?
jo*/ot/di.ja.i.neun/ma.eu.me/deu.ne.yo//jom/bol/su/
i.sso*.yo
我喜歡那件衣服的設計,可以看一下嗎?

▶ 그 청바지를 좀 보여주세요.
geu/cho*ng.ba.ji.reul/jjom/bo.yo*.ju.se.yo
請給我看看那件牛仔褲。

• track 218

Unit 07 可否試穿衣服

重點單字

입어보다

i.bo*.bo.da

試穿

會 話

Ⓐ 입어도 돼요?

i.bo*.do/dwe*.yo

可以試穿嗎?

Ⓑ 네. 탈의실은 저쪽이에요.

ne//ta.rui.si.reun/jo*.jjo.gi.e.yo

可以,更衣室在那邊。

延伸句型

▶ 이옷을 입어 보고 싶어요.

i.o.seul/i.bo*/bo.go/si.po*.yo

我想試穿這件衣服。

▶ 입어봐도 됩니까?

i.bo*.bwa.do/dwem.ni.ga

可以試穿嗎?

▶ 입어 볼 수 있습니까?

i.bo*/bol/su/it.sseum.ni.ga

可以試穿嗎?

▶ 아가씨, 마음에 드시면 한번 입어 보세요.

a.ga.ssi//ma.eu.me/deu.si.myo*n/han.bo*n/i.bo*/bo.

se.yo

小姐,喜歡的話,就試穿看看吧!

▶한번 입어보고 싶은데요. 탈의실이 어디예요?

han.bo*n/i.bo*.bo.go/si.peun.de.yo//ta.rui.si.ri/o*.di.ye.yo

我想試穿看看，更衣室在哪裡？

▶쇼윈도에 있는 저 바지를 입어봐도 됩니까?

syo.won.do.e/in.neun/jo*/ba.ji.reul/i.bo*.bwa.do/dwem.ni.ga

我可以試穿櫥窗裡的那件褲子嗎？

▶그 미니스커트는 예쁘네요. 입어 봐도 되나요?

geu/mi.ni.seu.ko*.teu.neun/ye.beu.ne.yo//i.bo*/bwa.do/dwe.na.yo

那件迷你裙很漂亮耶！可以試穿嗎？

Unit 08 指定衣服顏色

重點單字

색깔

se*k.gal

顏色

會話

Ⓐ 손님, 어떤 색깔을 원하십니까?

son.nim//o*.do*n/se*k.ga.reul/won.ha.sim.ni.ga

小姐，您要哪種顏色？

Ⓑ 흰색이 있어요?

hin.se*.gi/i.sso*.yo

有白色嗎？

Ⓐ 분홍색과 파란색만 있어요.

bun.hong.se*k.gwa/pa.ran.se*.man/i.sso*.yo

只有粉紅色和藍色。

Ⓑ 그럼 분홍색으로 주세요.

geu.ro*m/bun.hong.se*.geu.ro/ju.se.yo

那給我粉紅色的。

Ⓐ 네. 여기 있습니다.

ne//yo*.gi/it.sseum.ni.da

好的，在這裡。

延伸句型

▶ 다른 색상은 없어요?

da.reun/se*k.ssang.eun/o*p.sso*.yo

沒有其他顏色嗎？

▶다른 색깔은 없습니까?
da.reun/se*k.ga.reun/o*p.sseum.ni.ga
沒有其他顏色嗎？

▶이런 종류로 갈색이 있나요?
i.ro*n/jong.nyu.ro/gal.sse*.gi/in.na.yo
這種有棕色嗎？

▶이 색상이 저한테 잘 어울려요?
i/se*k.ssang.i/jo*.han.te/jal/o*.ul.lyo*.yo
這個顏色適合我嗎？

▶저는 이런 색을 안 좋아요.
jo*.neun/i.ro*n/se*.geul/an/jo.a.yo
我不喜歡這種顏色。

▶무슨 색상으로 드릴까요?
mu.seun/se*k.ssang.eu.ro/deu.ril.ga.yo
要拿什麼顏色給您呢？

▶어떤 색깔을 좋아하세요?
o*.do*n/se*k.ga.reul/jjo.a.ha.se.yo
您喜歡哪種顏色呢？

▶어떤 색깔을 원하세요?
o*.do*n/se*k.ga.reul/won.ha.se.yo
您要哪種顏色呢？

▶특별한 색깔을 찾고 계세요?
teuk.byo*l.han/se*k.ga.reul/chat.go/gye.se.yo
有特別要找的顏色嗎？

▶저는 색깔이 좀더 진한 것을 원합니다.
jo*.neun/se*k.ga.ri/jom.do*/jin.han/go*.seul/won.
ham.ni.da
我要顏色較深一點的。

▶전 연한 색상을 좋아하지 않아요. 흑색이
있어요?
jo*n/yo*n.han/se*k.ssang.eul/jjo.a.ha.ji/a.na.yo//
heuk.sse*.gi/i.sso*.yo
我不喜歡淡色，有黑色嗎？

▶손님의 피부색이 이런 색깔이 아주 잘 어
울리네요.
son.ni.mui/pi.bu.se*.gi/i.ro*n/se*k.ga.ri/a.ju/jal/o*.
ul.li.ne.yo
先生（小姐），您的皮膚與這種顏色很相配呢！

▶회색으로 주세요.
hwe.se*.geu.ro/ju.se.yo
請給我灰色。

▶이 색상이 제 상의와 어울려요?
i/se*k.ssang.i/je/sang.ui.wa/o*.ul.lyo*.yo
這顏色和我的上衣相配嗎？

▶저는 좀 밝은 색을 좋아해요.
jo*.neun/jom/bal.geun/se*.geul/jjo.a.he*.yo
我喜歡亮一點的顏色。

Unit 09 衣服尺寸

重點單字

사이즈
sa.i.jeu
尺寸

會話

A 이 바지 어때요?
i/ba.ji/o*.de*.yo
這件褲子如何？

B 너무 커요.
no*.mu/ko*.yo
太大件了。

A 사이즈가 더 작은 걸로 갖다 드릴게요.
sa.i.jeu.ga/do*/ja.geun/go*l.lo/gat.da/deu.ril.ge.yo
我拿小件一點的給您。

B 이게 괜찮네요. 이걸로 주세요.
i.ge/gwe*n.chan.ne.yo//i.go*l.lo/ju.se.yo
這件可以耶！我要這件。

A 네.
ne
好的。

延伸句型

▶ 좀 큰 것이 있습니까?
jom/keun/go*.si/it.sseum.ni.ga
有再大號一點的嗎？

▶더 작은 걸로 주세요.
do*/ja.geun/go*l.lo/ju.se.yo
請給我再小件一點的。

▶한 치수 더 큰 것이 있어요?
han/chi.su/do*/keun/go*.si/i.sso*.yo
有再大一號的嗎?

▶사이즈가 딱 맞네요. 이걸로 주세요.
sa.i.jeu.ga/dak/man.ne.yo//i.go*l.lo/ju.se.yo
尺寸剛剛好耶!我要這件。

▶저는 큰 치수를 입어야 합니다.
jo*.neun/keun/chi.su.reul/i.bo*.ya/ham.ni.da.
我必須要穿大號的衣服。

▶사이즈는 M이면 되겠죠?
sa.i.jeu.neun/e.mi.myo*n/dwe.get.jjyo
尺寸 M 號就可以了吧?

▶손님, 죄송합니다. 다른 사이즈가 없습니다.
son.nim//jwe.song.ham.ni.da//da.reun/sa.i.jeu.ga/o*
p.sseum.ni.da
先生(小姐),不好意思,沒有其他的尺寸。

▶이 옷은 표준사이즈입니다. 더 큰 치수가
없습니다.
i/o.seun/pyo.jun.sa.i.jeu.im.ni.da//do*/keun/chi.su.
ga/o*p.sseum.ni.da
這件衣服是標準尺寸。沒有再大的尺寸了。

▶이 청바지가 너무 작아서 불편해요.
i/cho*ng.ba.ji.ga/no*.mu/ja.ga.so*/bul.pyo*n.he*.yo
這牛仔褲太小件，很不方便。

▶손님한테 맞는 사이즈가 없네요. 다른 옷
을 보실까요?
son.nim.han.te/man.neun/sa.i.jeu.ga/o*m.ne.yo//da.
reun/o.seul/bo.sil.ga.yo
沒有適合您的尺寸耶！您要看看其他的衣服嗎？

▶라지 사이즈가 없어요?
ra.ji/sa.i.jeu.ga/o*p.sso*.yo
沒有大的尺寸嗎？

• track 226

Unit 10 購買鞋子

重點單字

신발

sin.bal

鞋子

會 話

Ⓐ 어떤 신발을 원하십니까?

o*.do*n/sin.ba.reul/won.ha.sim.ni.ga

您要哪種鞋子呢?

Ⓑ 운동화를 사고 싶은데요.

un.dong.hwa.reul/ssa.go/si.peun.de.yo

我想買運動鞋。

Ⓐ 이쪽으로 오십시오. 운동화는 여기 있습
니다.

i.jjo.geu.ro/o.sip.ssi.o//un.dong.hwa.neun/yo*.gi/it.
sseum.ni.da

請來這裡,運動鞋在這裡。

Ⓑ 좀 소개해 줄 수 있어요?

jom/so.ge*.he*/jul/su/i.sso*.yo

可以介紹一下嗎?

Ⓐ 이 운동화는 어때요? 요즘의 인기상품입
니다.

i/un.dong.hwa.neun/o*.de*.yo//yo.jeu.mui/in.gi.
sang.pu.mim.ni.da

這雙運動鞋如何呢?這是最近的人氣商品。

• track 227

B 그럼 한 켤레 주세요.

geu.ro*m/han/kyo*l.le/ju.se.yo

那請給我一雙。

(延伸句型)

▶구두를 사고 싶은데 좀 소개해 주세요.

gu.du.reul/ssa.go/si.peun.de/jom/so.ge*.he*/ju.se.yo

我想買皮鞋，請為我介紹。

▶좀더 화려한 스타일이 없습니까?

jom.do*/hwa.ryo*.han/seu.ta.i.ri/o*p.sseum.ni.ga

沒有更華麗一點的樣式嗎？

▶어떤 스타일을 원하십니까?

o*.do*n/seu.ta.i.reul/won.ha.sim.ni.ga

您要哪種樣式呢？

▶우아한 것으로 골라 주세요.

u.a.han/go*.seu.ro/gol.la/ju.se.yo

請幫我挑選優雅一點的鞋子。

▶다른 스타일을 보여주세요.

da.reun/seu.ta.i.reul/bo.yo*.ju.se.yo

請給我看看其他樣式。

▶더 섹시한 하이힐은 없어요?

do*/sek.ssi.han/ha.i.hi.reun/o*p.sso*.yo

沒有更性感一點的高跟鞋嗎？

▶그것이 새로 나온 제품입니다. 디자인이 아주 예뻐요.

geu.go*.si/se*.ro/na.on/je.pu.mim.ni.da//di.ja.i.ni/a.ju/ye.bo*.yo

那是新上市的產品，設計很漂亮。

▶고급스러운 하이힐을 소개해 주세요.
go.geup.sseu.ro*.un/ha.i.hi.reul/sso.ge*.he*/ju.se.yo
請為我介紹看起來高級一點的高跟鞋。

▶신기 편한 신발을 사려고 하는데요.
sin.gi/pyo*n.han/sin.ba.reul/ssa.ryo*.go/ha.neun.de.
yo
我想買好穿的鞋子。

▶여기 슬리퍼를 팔아요?
yo*.gi/seul.li.po*.reul/pa.ra.yo
這裡有賣拖鞋嗎?

▶이 것으로 하겠습니다.
i/go*.seu.ro/ha.get.sseum.ni.da
我要買這個。

Unit 11 指定鞋子尺寸

重點單字

발
bal
腳

會話

Ⓐ 발 사이즈가 어떻게 되세요?
bal/ssa.i.jeu.ga/o*.do*.ke/dwe.se.yo
您穿幾號呢？

Ⓑ 37 호로 주세요.
sam.sip.chil.ho.ro/ju.se.yo
請給我 37 號。

Ⓐ 여기 있습니다. 한번 신어 보세요.
yo*.gi/it.sseum.ni.da//han.bo*n/si.no*.bo.se.yo
在這裡，請試穿看看。

Ⓑ 좀 커요. 36 호로 주시겠습니까?
jom/ko*.yo//sam.si.byu.ko.ro/ju.si.get.sseum.ni.ga
有點大，可以給我 36 號嗎？

Ⓐ 네. 잠시만 기다려 주세요.
ne//jam.si.man/gi.da.ryo*/ju.se.yo
好的，請稍等。

延伸句型

▶ 손님, 마음에 드세요? 한번 신어 보세요.
son.nim//ma.eu.me/deu.se.yo//han.bo*n/si.no*/bo.se.yo
先生（小姐），您喜歡嗎？試穿看看吧！

• track 230

▶ 사이즈는 몇으로 드릴까요?
sa.i.jeu.neun/myo*.cheu.ro/deu.ril.ga.yo
要幫您拿幾號呢？

▶ 이 신발 신어 봐도 될까요?
i/sin.bal/ssi.no*.bwa.do/dwel.ga.yo
我可以試穿這雙鞋嗎？

▶ 신발이 너무 꽉 끼는군요. 더 큰 걸로 주
세요.
sin.ba.ri/no*.mu/gwak/gi.neun.gu.nyo//do*/keun/
go*l.lo/ju.se.yo
鞋子太緊了，請給我再大一點的。

▶ 제가 창고에 가서 큰 걸로 갖다 드릴게요.
je.ga/chang.go.e/ga.so*/keun/go*l.lo/gat.da/deu.ril.
ge.yo
我去倉庫拿大雙的鞋子給您。

▶ 저는 35호 사이즈가 필요합니다.
jo*.neun/sam.si.bo.ho/sa.i.jeu.ga/pi.ryo.ham.ni.da
我需要 35 號。

▶ 너무 작아요. 제게 맞지 않아요.
no*.mu/ja.ga.yo//je.ge/mat.jji/a.na.yo
太小了，不適合我。

▶ 35호가 있는지 없는지 확인해 볼게요. 잠
시만요.
sam.si.bo.ho.ga/in.neun.ji/o*m.neun.ji/hwa.gin.he*/
bol.ge.yo.//jam.si.ma.nyo
我去看看有沒有 35 號，請您稍等一下。

• track 231

▶제게 맞는 사이즈가 없나요?
je.ge/man.neun/sa.i.jeu.ga/o*m.na.yo
沒有適合我的尺寸嗎？

Unit 12 說明是否喜歡

重點單字

괜찮다

gwe*n.chan.ta

不錯

會話

Ⓐ 손님, 마음에 드시면 싸게 드릴게요.

son.nim//ma.eu.me/deu.si.myo*n/ssa.ge/deu.ril.ge.

yo

先生（小姐），您喜歡的話，我算您便宜一點。

Ⓑ 괜찮네요. 이건로 하겠습니다.

gwe*n.chan.ne.yo//i.go*l.lo/ha.get.sseum.ni.da

還不錯！我買這個。

延伸句型

▶ 좀더 생각해 보겠습니다.

jom.do*/se*ng.ga.ke*/bo.get.sseum.ni.da

我再想想。

▶ 이건 제가 원하던 것이 아닙니다. 다른 것

을 보여주세요.

i.go*n/je.ga/won.ha.do*n/go*.si/a.nim.ni.da//da.

reun/go*.seul/bo.yo*.ju.se.yo

這不是我想要的，請拿別的給我看。

Unit 13 詢問是否有其他樣式

重點單字

다르다

da.reu.da

不同

會話

A 이 가방의 색깔은 좀 별로예요. 다른 거 없어요?

i/ga.bang.ui/se*k.ga.reun/jom/byo*l.lo.ye.yo//da.reun/go*/o*p.sso*.yo

這包包的顏色不怎麼樣，沒有其他的嗎？

B 그럼 이 가방은 어때요?

geu.ro*m/i/ga.bang.eun/o*.de*.yo

那這包包如何呢？

延伸句型

▶다른 모양은 없습니까?

da.reun/mo.yang.eun/o*p.sseum.ni.ga

沒有別的模樣嗎？

▶다른 스타일을 보여 주시겠습니까?

da.reun/seu.ta.i.reul/bo.yo*/ju.si.get.sseum.ni.ga

可以給我看看其他的樣式嗎？

▶더 화려한 디자인 없어요?

do*/hwa.ryo*.han/di.ja.in/o*p.sso*.yo

沒有再華麗一點的設計嗎？

▶이것 말고 다른 것이 없습니까?
i.go*t/mal.go/da.reun/go*.si/o*p.sseum.ni.ga
我不要這個，沒有別的嗎？

▶이 스타일은 별로네요. 다른 종류도 있나요?
i/seu.ta.i.reun/byo*l.lo.ne.yo//da.reun/jong.nyu.do/
in.na.yo
這個樣式不怎麼樣耶！有別樣的嗎？

▶이건 마음에 안 들어요. 다른 걸 보여 주
세요.
i.go*n/ma.eu me/an/deu.ro*.yo//da.reun/go*l/bo.
yo*/ju.se.yo
這個我不喜歡，請拿別的給我看。

• track 235

Unit 14 詢問售價

重點單字

가격

ga.gyo*k

價格

會話

A 이거 얼마예요?

i.go*/o*l.ma.ye.yo

這多少錢？

B 2만5천원입니다.

i.ma.no.cho*.nwo.nim.ni.da

兩萬五千元。

延伸句型

▶ 모두 얼마입니까?

mo.du/o*l.ma.im.ni.ga

全部多少錢？

▶ 이건 어떻게 팔아요?

i.go*n/o*.do*.ke/pa.ra.yo

這個怎麼賣？

▶ 이건 세금이 포함된 가격인가요?

i.go*n/se.geu.mi/po.ham.dwen/ga.gyo*.gin.ga.yo

這是包含稅金的價錢嗎？

Unit 15 殺價

重點單字

비싸다

bi.ssa.da

貴

會話

A 이건 3만원입니다.

i.go*n/sam.ma.nwo.nim.ni.da

這是 3 萬元。

B 너무 비싸요. 좀 깎아 주세요.

no*.mu/bi.ssa.yo//jom/ga.ga/ju.se.yo

太貴了，請算便宜一點。

A 그럼 더 사세요. 할인해 드릴게요.

geu.ro*m do* sa.se.yo//ha.rin.he* deu.ril.ge.yo

那您再買一點吧！我會打折給您。

B 아니요. 그냥 2만5천원에 주면 안 돼요?

a.ni.yo//geu.nyang.i.ma.no.cho*.nwo.ne/ju.myo*n/

an/dwe*.yo

不要啦！不能算二萬五嗎？

A 그럼 카드로 지불하시면 안 돼요.

geu.ro*m/ka.deu.ro/ji.bul.ha.si.myo*n/an/dwe*.yo

那您不能使用信用卡付款喔！

B 네. 고맙습니다.

ne//go.map.sseum.ni.da

好的，謝謝您。

延伸句型

▶ 싸게 주면 안 돼요?
ssa.ge/ju.myo*n/an.dwe*.yo
不能算便宜一點嗎？

▶ 몇 프로 세일합니까?
myo*t/peu.ro/se.il.ham.ni.ga
打幾折呢？

▶ 많이 사면 싸게 해 드릴게요.
ma.ni/sa.myo*n/ssa.ge/he*/deu.ril.ge.yo
您買多一點，會算便宜給您。

▶ 더 싼 것은 없어요?
do*/ssan/go*.seun/o*p.sso*.yo
沒有再便宜一點的嗎？

▶ 지금은 세일 기간이라서 더 싸게 드릴 수
가 없습니다.
ji.geu.meun/se.il/gi.ga.ni.ra.so*/do*/ssa.ge/deu.ril/
su.ga/o*p.sseum.ni.da
現在是打折期間，所以不能再便宜給您。

Unit 16 結帳

重點單字

현금

hyo*n.geum

現金

會話

A 손님, 모두 15만원입니다.

son.nim//mo.du/si.bo.ma.nwo.nim.ni.da

先生（小姐），總共是 15 萬元。

B 제가 현금이 모자라는데, 신용카드로 지불해도 될까요?

e.ga/hyo*n.geu.mi/mo.ja.ra.neun.de//si.nyong.ka.deu.ro/ji.bul.he*.do/dwel.ga.yo

我現金不足，可以使用信用卡付款嗎？

A 물론입니다.

mul.lo.nim.ni.da

當然可以。

B 그럼 카드로 하겠습니다.

geu.ro*m/ka.deu.ro/ha.get.sseum.ni.da

那我用卡片付款。

A 네, 여기 영수증과 카드입니다.

ne//yo*.gi/yo*ng.su.jeung.gwa/ka.deu.im.ni.da

好的，這是您的收據和信用卡。

B 감사합니다.

gam.sa.ham.ni.

謝謝。

• track 239

延伸句型

▶결제는 카드로 하실 겁니까? 현금으로 하실 겁니까?

gyo*l.je.neun/ka.deu.ro/ha.sil/go*m.ni.ga//hyo*n.geu.meu.ro/ha.sil/go*m.ni.ga

您要用信用卡付款嗎？還是用現金付款？

▶카드로 결제하시면, 할인해 드릴 수 없습니다.

ka.deu.ro/gyo*l.je.ha.si.myo*n//ha.rin.he*/deu.ril/su/o*p.sseum.ni.da

如果您要用信用卡付款的話，就不能給您優惠了。

▶현금으로 지불하겠습니다.

hyo*n.geu.meu.ro/ji.bul.ha.get.sseum.ni.da

我要用現金付款。

▶현금으로 지불할게요.

hyo*n.geu.meu.ro/ji.bul.hal.ge.yo

我要付現金。

▶영수증을 주세요.

yo*ng.su.jeung.eul/jju.se.yo

請給我收據。

▶영수증이 여기에 있습니다.

yo*ng.su.jeung.i/yo*.gi.e/it.sseum.ni.da

收據在這裡。

▶여행자 수표도 사용할 수 있어요?

yo*.he*ng.ja/su.pyo.do/sa.yong.hal/ssu/i.sso*.yo

可以使用旅行支票嗎？

▶손님, 카드가 안 됩니다. 현금으로 지불해
야 합니다.
son.nim//ka.deu.ga/an/dwem.ni.da//hyo*n.geu.meu.
ro/ji.bul.he*.ya/ham.ni.da
先生（小姐），不能使用信用卡，必須支付現金。

▶계산이 잘못된 것 같은데요.
gye.sa.ni/jal.mot.dwen/go*t/ga.teun.de.yo
我覺得好像計算錯誤。

▶어디에서 계산하나요?
o*.di.e.so*/gye.san.ha.na.yo
在哪結帳呢？

▶분할 지불은 안 됩니다.
bun.hal/jji.bu.reun/an/dwem.ni.da
不可以分期付款。

▶현금인가요, 카드인가요?
hyo*n.geu.min.ga.yo//ka.deu.in.ga.yo
您要付現金還是刷卡呢？

▶2만원이 부족합니다. 잠깐만 기다려 주세
요. 곧 돌아오겠습니다.
i.ma.nwo.ni/bu.jo.kam.ni.da//jam.gan.man/gi.da.
ryo*/ju.se.yo//got/do.ra.o.get.sseum.ni.da
我不夠兩萬，請等我一下，我馬上回來。

▶오래 기다리게 해서 죄송합니다. 잔돈입니
다.
o.re*/gi.da.ri.ge/he*.so*/jwe.song.ham.ni.da//jan.
do.nim.ni.da
抱歉讓您久等了，這是找的錢。

• track 241

Unit 17 要求包裝

重點單字

포장

po.jang

包裝

會話

🅐 포장 좀 해 주세요.

po.jang/jom/he*/ju.se.yo

請幫我包裝。

🅑 네. 알겠습니다.

ne//al.get.sseum.ni.da

好的。

延伸句型

▶ 따로따로 포장해 주세요.

da.ro.da.ro/po.jang.he*/ju.se.yo

請幫我分開包裝。

▶ 예쁘게 포장해 주세요.

ye.beu.ge/po.jang.he*/ju.se.yo

請幫我包漂亮一點。

▶ 포장해 드릴까요?

po.jang.he*/deu.ril.ga.yo

需要為您包裝嗎？

Unit 18 退換貨

重點單字

환불

hwan.bul

退費

會話

A 제가 이 옷을 입을 수 없어요. 환불되나요?

je.ga/i.o.seul/i.beul/ssu/o*p.sso*.yo//hwan.bul.dwe.na.yo

我不能穿這件衣服，可以退費嗎？

B 환불은 안 되지만 교환할 수 있습니다.

hwan.bu.reun/an/dwe.ji.man/gyo.hwan.hal/ssu/it.sseum.ni.da

不可以退費，但可以換貨。

延伸句型

▶ 이게 마음에 안 들어요. 환불해 주세요.

i.ge/ma.eu.me/an/deu.ro*.yo//hwan.bul.he*/ju.se.yo

我不喜歡這個，請幫我退費。

▶ 다른 것으로 교환해도 되나요?

da.reun/go*.seu.ro/gyo.hwan.he*.do/dwe.na.yo

我可以換其他的嗎？

Unit 19 書店

重點單字

책

che*k

書

會話

Ⓐ 한국 연예인에 관한 잡지가 있어요?

han.guk/yo*.nye.i.ne/gwan.han/jap.jji.ga/i.sso*.yo

有介紹韓國演藝人員的雜誌嗎?

Ⓑ 네, 있습니다.

ne//it.sseum.ni.da

有的。

Ⓐ 좀 보여 줄 수 있어요?

jom/bo.yo*/jul/su/i.sso*.yo

可以拿給我看一下嗎?

Ⓑ 네, 여기 다섯가지가 있습니다.

ne//yo*.gi/da.so*t.ga.ji.ga/it.sseum.ni.da

好的,這裡有五種。

Ⓐ 이걸 사야겠네요. 포장해 주세요.

i.go*l/sa.ya.gen.ne.yo//po.jang.he*/ju.se.yo

我要買這個,請幫我包裝。

Ⓑ 네. 2만원입니다.

ne//i.ma.nwo.nim.ni.da

好的,兩萬元。

延伸句型

▶ 만화책을 사려고 하는데 도와주실 수 있
나요?

man.hwa.che*.geul/ssa.ryo*.go/ha.neun.de/do.wa.
ju.sil/su/in.na.yo

我想買漫畫書，可以幫我嗎？

▶ 한국어 책은 못 알아봐요.

han.gu.go*/che*.geun/mot/a.ra.bwa.yo

我看不懂韓國語的書。

▶ 같이 골라 줄 수 있어요?

ga.chi/gol.la/jul/su/i.sso*.yo

可以和我一起挑選嗎？

▶ 어떤 내용을 원하십니까?

o*.do*n/ne*.yong.eul/won.ha.sim.ni.ga

您想要哪種內容？

▶ 한국 문화를 소개한 책을 사려고 합니다.

han.guk/mun.hwa.reul/sso.ge*.han/che*.geul/ssa.
ryo*.go/ham.ni.da

我想買介紹韓國文化的書籍。

▶ 한국여행을 소개한 책들이면 좋을 것 같
아요.

han.gu.gyo*.he*ng.eul/sso.ge*.han/che*k.deu.ri.
myo*n/jo.eul/go*t/ga.ta.yo

希望是介紹韓國旅遊的書。

• track 245

Unit 20 水果店

重點單字

과일 가게
gwa.il.ga.ge
水果店

會話

A 어떤 과일을 원하십니까?
o*.do*n/gwa.i.reul/won.ha.sim.ni.ga
您要什麼水果？

B 귤을 좀 사려고 합니다.
gyu.reul/jjom/sa.ryo*.go/ham.ni.da
我要買一些橘子。

A 이 종류는 어때요?
i/jong.nyu.neun/o*.de*.yo
這種怎麼樣？

B 한 근에 얼마입니까?
han/geu.ne/o*l.ma.im.ni.ga
一斤多少錢？

A 한 근에 5천원입니다.
han/geu.ne/o.cho*.nwo.nim.ni.da
一斤五千元。

B 그럼 한 근 주세요.
geu.ro*m/han/geun/ju.se.yo
那給我一斤。

延伸句型

▶ 이 사과는 어떻게 팔아요?
i/sa.gwa.neun/o*.do*.ke/pa.ra.yo
這蘋果怎麼賣？

▶ 몇 근 드릴까요?
myo*t/geun/deu.ril.ga.yo
您要買幾斤？

▶ 두 근 주십시오.
du/geun/ju.sip.ssi.o
請給我兩斤。

▶ 또 다른 과일도 필요합니까?
do/da.reun/gwa.il.do/pi.ryo.ham.ni.ga
還需要其他水果嗎？

▶ 수박 한통에 얼마예요?
su.bak/han.tong.e/o*l.ma.ye.yo
一顆西瓜多少錢？

• track 247

Unit 21 購買名產

重點單字

특산물

teuk.ssan.mul

名產

會話

Ⓐ 이곳 특산물이 무엇인가요?

i.got/teuk.ssan.mu.ri/mu.o*.sin.ga.yo

這地方的名產是什麼。

Ⓑ 한국의 주요 특산물은 고려인삼입니다.

han.gu.gui/ju.yo/teuk.ssan.mu.reun/go.ryo*.in.sa.

mim.ni.da

韓國主要的名產是高麗人蔘。

延伸句型

▶ 어디서 농산물을 살 수 있을까요?

o*.di.so*/nong.san.mu.reul/ssal/ssu/i.sseul.ga.yo

哪裡可以買農產品呢？

▶ 특산물은 어느 층에서 팝니까?

teuk.ssan.mu.reun/o*.neu/cheung.e.so*/pam.ni.ga

哪層樓在賣特產呢？

▶ 이곳에서 가장 유명한 특산물은 무엇입니까?

i.go.se.so*/ga.jang/yu.myo*ng.han/teuk.ssan.mu.

reun/mu.o*.sim.ni.ga

這裡最有名的特產是什麼？

▶ 한국의 특산물은 김치, 유자차, 김, 인삼 등이 있습니다.

han.gu.gui/teuk.ssan.mu.reun/gim.chi/yu.ja.cha/ gim/in.sam.deung.i/it.sseum.ni.da

韓國的名產有泡菜、柚子茶、海苔、人蔘等。

▶ 출산지는 어디예요?

chul.san.ji.neun/o*.di.ye.yo

產地在哪裡？

▶ 이곳의 특산품을 좀 사려고 하는데, 소개 해 주십시오.

i.go.sui/teuk.ssan.pu.meul/jjom/sa.ryo*.go/ha.neun. de//so.ge*.he*/ju.sip.ssi.o

我想買這裡的特產，請為我介紹。

Chapter 7

緊急情況

Unit 01 聽不懂對方的話

이게 무슨 뜻이죠?

i.ge/mu.seun/deu.si.jyo
這是什麼意思？

죄송해요. 잘 이해를 못하겠어요.

jwe.song.he*.yo//jal/i.he*.reul/mo.ta.ge.sso*.yo
對不起，我不太懂你的意思。

천천히 말씀해 주시겠어요?

cho*n.cho*n.hi/mal.sseum.he*/ju.si.ge.sso*.yo
可以說慢一點嗎？

잘 못 알아들었습니다.

jal/mot/a.ra.deu.ro*t.sseum.ni.da
我沒聽清楚。

못 알아듣겠는데요.

mot/a.ra.deut.gen.neun.de.yo
我聽不懂。

다시 한번 말해 주시겠어요?

da.si/han.bo*n/mal.he*/ju.si.ge.sso*.yo

你可以再說一次嗎？

제 말을 알아들으셨나요?

je/ma.reul/a.ra.deu.reu.syo*n.na.yo

您聽得懂我說的話嗎？

미안하지만 다시 한번 말씀해 주시겠습니까?

mi.an.ha.ji.man/da.si/han.bo*n/mal.sseum.he*/ju.si. get.sseum.ni.ga

對不起，請您再講一次。

한국어를 할 줄 몰라요.

han.gu.go*.reul/hal/jjul/mol.la.yo

我不會講韓文。

제가 외국사람이에요. 못 알아 들어요.

je.ga/we.guk.ssa.ra.mi.e.yo//mot/a.ra.deu.ro*.yo

我是外國人，聽不懂。

설명은 영어로 해주시겠어요?

so*l.myo*ng.eun/yo*ng.o*.ro/he*.ju.si.ge.sso*.yo

可以用英文解説嗎？

저는 중국어를 할 줄 아는 가이드를 구하려고 합니다.

jo*.neun/jung.gu.go*.reul/hal/jjul/a.neun/ga.i.deu.reul/gu.ha.ryo*.go/ham.ni.da

我想請位會説中文的導遊。

방금 뭐라고 말씀하셨습니까?

bang.geum/mwo.ra.go/mal.sseum.ha.syo*t.sseum.ni.ga

您剛才説什麼？

잘 안 들립니다.

jal/an/deul.lim.ni.da

我聽不清楚。

전혀 안 들려요.

jo*n.hyo*/an/deul.lyo*.yo

完全聽不見。

✎큰 소리로 얘기해 주세요.

keun/so.ri.ro/ye*.gi.he*/ju.se.yo

請講大聲一點。

✎여기에 한자로 써 주시겠어요?

yo*.gi.e/han.ja.ro/sso*/ju.si.ge.sso*.yo

可以在這裡寫漢字嗎？

✎무슨 뜻인지 잘 모르겠어요.

mu.seun/deu.sin.ji/jal/mo.reu.ge.sso*.yo

不知道那是什麼意思。

Unit 02 迷路

📢 길을 잃었습니다. 도와주세요.

gi.reul/i.ro*t.sseum.ni.da//do.wa.ju.se.yo.

我迷路了，請幫我。

📢 말 좀 물읍시다. 여기가 어디 죠?

mal/jjom/mu.reup.ssi.da//yo*.gi.ga/o*.di.jyo

請問一下，這裡是哪裡？

📢 제가 길을 잃었습니다.

je.ga/gi.reul/i.ro*t.sseum.ni.da

我迷路了。

📢 길을 잃어 버렸습니다.

gi.reul/i.ro*.bo*.ryo*t.sseum.ni.da

我迷路了。

📢 지금 제가 어디에 있습니까?

ji.geum/je.ga/o*.di.e/it.sseum.ni.ga

我現在在哪裡？

이건 무슨 길입니까?

i.go*n/mu.seun/gi.rim.ni.ga

這是什麼路？

지금 제 위치를 알려 주십시오.

ji.geum/je/wi.chi.reul/al.lyo*.ju.sip.ssi.o

請告訴我現在我的位置。

근처에 무슨 표시판이나 건물이 있습니까?

geun.cho*.e/mu.seun/pyo.si.pa.ni.na/go*n.mu.ri/it. sseum.ni.ga

附近有什麼標誌物或建築物嗎？

계속 앞으로 걸어가야 합니까?

gye.sok/a.peu.ro/go*.ro*.ga.ya/ham.ni.ga

我應該一直往前走嗎？

미안합니다만, 저도 잘 모르겠습니다. 경찰에게 물어보십시오.

mi.an.ham.ni.da.man//jo*.do/jal/mo.reu.get.sseum. ni.da//gyo*ng.cha.re.ge/mu.ro*.bo.sip.ssi.o

對不起，我也不清楚，您可以問警察。

경찰 아저씨, 제가 한국호텔로 돌아가는 것을 도와주세요.

gyo*ng.chal/a.jo*.ssi//je.ga/han.gu.ko.tel.lo/do.ra.ga.neun/go*.seul/do.wa.ju.se.yo

警察先生，可以幫我回到韓國飯店嗎？

노선도를 그려 줄 수 있습니까?

no.so*n.do.reul/geu.ryo*/jul/su/it.sseum.ni.ga

您可不可以為我畫路線圖？

제가 방향을 잃었습니다.

je.ga/bang.hyang.eul/i.ro*t.sseum.ni.da

我迷失了方向。

저를 호텔에 데려다 주시겠어요?

jo*.reul/ho.te.re/de.ryo*.da/ju.si.ge.sso*.yo

可以帶我回飯店嗎？

Unit 03 身體不適

어떡해요? 배가 너무 아파요.

o*.do*.ke*.yo//be*.ga/no*.mu/a.pa.yo

怎麼辦，我肚子好痛。

저는 좀 멀미가 있는데요.

jo*.neun/jom/mo*l.mi.ga/in.neun.de.yo

我覺得有點暈機。

목이 아파요.

mo.gi/a.pa.yo

喉嚨痛。

머리가 아파요.

mo*.ri.ga/a.pa.yo

頭痛。

발을 삐었어요.

ba.reul/bi.o*.sso*.yo

腳扭到了。

📢다리를 다쳤어요.

da.ri.reul/da.cho*.sso*.yo

腿受傷了。

📢제가 조심하지 않아서 넘어졌어요.

je.ga/jo.sim.ha.ji/a.na.so*/no*.mo.jo*.sso*.yo

我不小心摔倒了。

📢칼에 손을 베었어요.

ka.re/so.neul/be.o*.sso*.yo

手被刀劃傷了。

📢피가 나요.

pi.ga/na.yo

流血了。

📢출혈이 심해요.

chul.hyo*.ri/sim.he*.yo

嚴重出血。

📢다리 뼈가 부러졌어요.

da.ri/byo*.ga/bu.ro*.jo*.sso*.yo

腿骨折了。

부었어요.

bu.o*.sso*.yo

腫起來了。

부딪쳐 다쳤어요.

bu.dit.cho*/da.cho*.sso*.yo

撞傷了。

화상을 입었어요.

hwa.sang.eul/i.bo*.sso*.yo

燙傷了。

물집이 생겼어요.

mul.ji.bi/se*ng.gyo*.sso*.yo

起水泡了。

허리가 아파요.

ho*.ri.ga/a.pa.yo

腰痛。

배가 아파요.

be*.ga/a.pa.yo

肚子痛。

☞기운이 없어요.

gi.u.ni/o*p.sso*.yo

沒力氣。

☞머리가 어지러워요.

mo*.ri.ga/o*.ji.ro*.wo.yo

頭暈。

☞기침이 나요.

gi.chi.mi/na.yo

咳嗽。

☞팔이 부러졌어요.

pa.ri/bu.ro*.jo*.sso*.yo

手臂骨折了。

☞두통이 심해요.

du.tong.i/sim.he*.yo

頭痛很嚴重。

☞콧물이 나요.

kon.mu.ri/na.yo

流鼻涕。

☞코가 간지러워요.

ko.ga/gan.ji.ro*.wo.yo

鼻子很癢。

☞코가 막혔어요.

ko.ga/ma.kyo*.sso*.yo

鼻塞了。

☞온 몸에 힘이 없어요.

on/mo.me/hi.mi/o*p.sso*.yo

全身沒力氣。

☞열이 있어요.

yo*.ri/i.sso*.yo

發燒了。

☞손을 다쳤어요.

so.neul/da.cho*.sso*.yo

手受傷了。

☞눈이 충혈되었어요.

nu.ni/chung.hyo*l.dwe.o*.sso*.yo

眼睛充血。

☞이가 아파요.

i.ga/a.pa.yo
牙齒痛。

☞코피가 나요.

ko.pi.ga/na.yo
流鼻血。

☞제가 계속 설사를 해요.

je.ga/gye.sok/so*l.sa.reul/he*.yo
我一直拉肚子。

☞다리가 골절됐어요.

da.ri.ga/gol.jo*l.dwe*.sso*.yo
腳骨折了。

☞토할 것 같아요.

to.hal/go*t/ga.ta.yo
我快吐了。

☞감기에 걸린 것 같아요.

gam.gi.e/go*l.lin/go*t/ga.ta.yo
我好像感冒了。

Unit 04 藥局

✏️멀미약 좀 주시겠어요?

mo*l.mi.yak/jom/ju.si.ge.sso*.yo

可以給我一點暈車藥嗎？

✏️이 약은 어떻게 먹어요?

i/ya.geun/o*.do*.ke/mo*.go*.yo

這藥怎麼吃？

✏️감기에 좋은 약이 있어요?

gam.gi.e/jo.eun/ya.gi/i.sso*.yo

有治感冒效果很好的藥嗎？

✏️제시간에 약을 드셔야 합니다.

je.si.ga.ne/ya.geul/deu.syo*.ya/ham.ni.da

要按時吃藥。

✏️제게 반창고를 주세요.

je.ge/ban.chang.go.reul/jju.se.yo

給我OK繃。

📖 이 약을 드시면 좀 나을 거예요.

i/ya.geul/deu.si.myo*n/jom/na.eul/go*.ye.yo

把這個藥吃了，會好一點的。

📖 이 약은 하루에 네 번씩 드세요.

i/ya.geun/ha.ru.e/ne/bo*n.ssik/deu.se.yo.

這藥一天吃四次。

📖 한 번에 두 알씩 드세요.

han/bo*.ne/du/al.ssik/deu.se.yo

一次吃兩粒。

📖 두통약이 있습니까?

du.tong.ya.gi/it.sseum.ni.ga

有頭痛藥嗎？

📖 위장약을 주세요.

wi.jang.ya.geul/jju.se.yo

請給我胃藥。

📖 진통제를 주시겠어요?

jin.tong.je.reul/jju.si.ge.sso*.yo

可以給我止痛藥嗎？

Unit 05 尋求協助

버스를 잘못 탔는가 싶은데요.

bo*.seu.reul/jjal/mot/tan.neun.ga/si.peun.de.yo

我好像坐錯公車了。

막차를 놓쳤어요. 어떡하죠?

mak.cha.reul/not.cho*.sso*.yo//o*.do*.ka.jyo

我錯過末班車了，怎麼辦？

버스를 잘못 탔어요. 어떡해요?

bo*.seu.reul/jjal.mot/ta.sso*.yo//o*.do*.ke*.yo

我搭錯公車了，怎麼辦？

누군가 제 지갑을 훔쳐갔습니다.

nu.gun.ga/je/ji.ga.beul/hum.cho*.gat.sseum.ni.da

有人把我的錢包偷走了。

어느 분이 절 좀 도와 주시겠어요?

o*.neu/bu.ni/jo*l/jom/do.wa/ju.si.ge.sso*.yo

誰能幫我的忙。

☞좀 도와 주시겠어요?

jom/do.wa.ju.si.ge.sso*.yo

可以幫我一下嗎?

☞지하철을 타는 방법을 가르쳐 주시겠어요?

ji.ha.cho*.reul/ta.neun/bang.bo*.beul/ga.reu.cho*/
ju.si.ge.sso*.yo

可以告訴我搭地鐵的方法嗎?

☞제 호텔 열쇠를 잃어 버렸습니다.

je/ho.tel/yo*l.swe.reul/i.ro*.bo*.ryo*t.sseum.ni.da

我房間的鑰匙不見了。

☞살려 주세요.

sal.lyo*.ju.se.yo

救命!

☞부탁해도 될까요?

bu.ta.ke*.do/dwel.ga.yo

可以請你幫忙嗎?

📖도움이 필요한데요.

do.u.mi/pi.ryo.han.de.yo
我需要幫忙。

📖제 부탁 좀 들어주시겠어요?

je/bu.tak/jom/deu.ro*.ju.si.ge.sso*.yo
可以幫我的忙嗎？

Chapter 8

旅遊必學詞彙

• track 267

Unit 01 購物百貨

의복 衣服	ui.bok
옷 衣服	ot
양복 西裝	yang.bok
운동복 運動服	un.dong.bok
잠옷 睡衣	ja.mot
정장 正式服裝	jo*ng.jang
아동복 童裝	a.dong.bok
셔츠 襯衫	syo*.cheu
와이셔츠 白襯衫	wa.i.syo*.cheu
체크문늬 셔츠 格紋襯衫	che.keu.mun.ni/syo*.cheu
폴로셔츠 POLO衫	pol.lo.syo*.cheu

티셔츠 T恤	ti.syo*.cheu
스웨타 毛衣	seu.we.ta
조끼 背心	jo.gi
외투 外套	we.tu
코트 大衣外套(coat)	ko.teu
반팔 短袖	ban.pal
긴팔 長袖	gin.pal
민소매 無袖	min.so.me*
주머니 口袋	ju.mo*.ni
옷감 質料	ot.gam
실크 絲質	sil.keu
면 棉	myo*n

나이론천 尼龍布	na.i.ron.cho*n
방수 防水	bang.su
방풍 防風	bang.pung
스타일 款式	seu.ta.il
문양 花樣	mu.nyang
색깔 顏色	se*k.gal
바지 褲子	ba.ji
양복바지 西裝褲	yang.bok.ba.ji
반바지 短褲	ban.ba.ji
긴바지 長褲	gin.ba.ji
치마 裙子	chi.ma
원피스 連身洋裝	won.pi.seu

緊치마	gin.chi.ma
長裙	

짧은치마	jjal.beun.chi.ma
短裙	

양말	yang.mal
襪子	

스타킹	seu.ta.king
絲襪	

짧은양말	jjal.beu.nyang.mal
短襪	

긴양말	gi.nyang.mal
長襪	

목도리	mok.do.ri
圍巾	

숄	syol
披肩	

넥타이	nek.ta.i
領帶	

모자	mo.ja
帽子	

허리띠	ho*.ri.di
皮帶	

장갑	jang.gap
手套	

손수건 手帕	son.su.go*n
신발 鞋子	sin.bal
구두 皮鞋	gu.du
하이힐 高跟鞋	ha.i.hil
운동화 運動鞋	un.dong.hwa
슬리퍼 拖鞋	seul.li.po*
샌들 涼鞋	se*n.deul
부츠 靴子	bu.cheu
뱀가죽 蛇皮	be*m.ga.juk
악어가죽 鱷魚皮	a.go*.ga.juk
가죽 真皮	ga.juk
인조가죽 人造皮	in.jo.ga.juk

구두끈	gu.du.geun
鞋帶	
굽	gup
鞋跟	
브랜드	beu.re*n.deu
牌子	
사이즈	sa.i.jeu
尺寸	
크기	keu.gi
大小	
가슴둘레	ga.seum.dul.le
胸圍	
허리둘레	ho*.ri.dul.le
腰圍	
엉덩이둘레	o*ng.do*ng.i.dul.le
臀圍	
크다	keu.da
大	
작다	jak.da
小	
맞다	mat.da
合身	
꽉끼다	gwak.gi.da
緊	

다이아몬드 鑽石	da.i.a.mon.deu
보석 寶石	bo.so*k
금 黃金	geum
은 銀	eun
손목시계 手錶	son.mok.ssi.gye
팔찌 手環	pal.jji
반찌 戒指	ban.jji
목걸이 項鍊	mok.go*.ri
귀걸이 耳環	gwi.go*.ri
넥타이빈 領帶夾	nek.ta.i.bin
돈주머니 錢包	don.ju.mo*.ni
지갑 錢包	ji.gap

열쇠 鑰匙	yo*l.swe
손가방 手提包	son.ga.bang
여행가방 旅行包	yo*.he*ng.ga.bang
배낭 背包	be*.nang
향수 香水	hyang.su
남성향수 男性香水	nam.so*ng.hyang.su
파우더 蜜粉	pa.u.do*
화장솜 化妝棉	hwa.jang.som
에센스 精華液	e.sen.seu
보톡스 玻尿酸	bo.tok.sseu
보습제 保濕液	bo.seup.jje
마스크팩 面膜	ma.seu.keu/pe*k

마스카라 睫毛膏	ma.seu.ka.ra
볼터치 腮紅	bol.to*.chi
스킨 化妝水	seu.kin
클린징 오일 卸妝油	keul.lin.jing/o.il
로션 乳液	ro.syo*n
아이쉐도우 眼影	a.i.swe.do.u
매니큐어 指甲油	me*.ni.kyu.o*
부러쉬 刷具	bu.ro*.swi
인조눈썹 假睫毛	in.jo.nun.sso*p
바디로션 身體乳液	ba.di.ro.syo*n
아이크림 眼霜	a.i.keu.rim
립스틱 口紅	rip.sseu.tik

자외선차단제 防曬乳	ja.we.so*n.cha.dan.je
하이라이너 修容粉	ha.i.ra.i.no*
소설 小說	so.so*l
만화책 漫畫	man.hwa.che*k
사전 字典	sa jo*n
신문 報紙	sin.mun
월간지 月刊	wol.gan.ji
잡지 雜誌	jap.jji
책 書	che*k
라이터 打火機	ra.i.to*
카메라 相機	ka.me.ra
이어폰 耳機	i.o*.pon

• track 277

컴퓨터 電腦	ko*m.pyu.to*
쿠폰 禮卷	ku.pon
안경 眼鏡	an.gyo*ng
약 藥	yak
특가 特價	teuk.ga
세일 打折	se.il
할인 折扣	ha.rin
갑 盒	gap
개 個	ge*
권 本	gwon
그램 克	geu.re*m
그릇 器皿	geu.reut

• track 278

근 斤	geun
다발 束	da.bal
대 輛	de*
도 度	do
리터 公升	ri.to*
분 / 명 位（人的單位）	bun//myo*ng
벌 件	bo*l
분 分	bun
송이 朵	song.i
시 點	si
시간 鐘頭	si.gan
인분 份	in.bun

• track 279

잔 杯	jan
장 張	jang
층 層	cheung
켤레 雙（鞋的單位）	kyo*l.le
킬로미터 公里	kil.lo.mi.to*
두통약 頭痛藥	du.tong.yak
위장약 胃藥	wi.jang.yak
진통제 止痛藥	jin.tong.je
영수증 收據	yo*ng.su.jeung
환불하다 退費	hwan.bul.ha.da
반품하다 退貨	ban.pum.ha.da
교환하다 更換	gyo.hwan.ha.da

잘못 사다 買錯	jal.mot/sa.da
가격 價錢	ga.gyo*k
현찰로 지불하다 付現	hyo*n.chal.lo/ji.bul.ha.da
카드로 지불하다 刷卡	ka.deu.ro/ji.bul.ha.da
분할 지불 分期支付	bun.hal/jji.bul
일시불 一次付清	il.si.bul

Unit 02 美食天地

아침 早餐	a.chim
점심 午餐	jo*m.sim
저녁 晚餐	jo*.nyo*k
식당 餐廳	sik.dang
갈비탕 牛骨湯	gal.bi.tang
감자탕 馬鈴薯排骨湯	gam.ja.tang
감자튀김 炸薯條	gam.ja.twi.gim
아이스크림 冰淇淋	a.i.seu.keu.rim
김치 泡菜	gim.chi
돌솥비빔밥 石鍋拌飯	dol.sot.bi.bim.bap
떡국 黏糕湯（又作年糕湯）	do*k.guk

라면 拉麵	ra.myo*n
미역국 海帶湯	mi.yo*k.guk
볶음밥 炒飯	bo.geum.bap
불고기 烤肉	bul.go.gi
새우초밥 蝦子壽司	se*.u.cho.bap
쇠고기덮밥 牛肉蓋飯	swe.go.gi.do*p.bap
오징어덮밥 魷魚蓋飯	o.jing.o*.do*p.bap
김치볶음밥 泡菜炒飯	gim.chi.bo.geum.bap
단호박죽 甜南瓜粥	dan.ho.bak.jjuk
궁중비빔밥 宮廷拌飯	gung.jung.bi.bim.bap
김치전 泡菜煎餅	gim.chi.jo*n
냉면 冷麵	ne*ng.myo*n

계란찜 蒸蛋	gye.ran.jjim
만두 水餃	man.du
매운탕 辣魚湯	me*.un.tang
삼계탕 蔘雞湯	sam.gye.tang
생선구이 烤魚	se*ng.so*n.gu.i
회 生魚片	hwe
소시지 香腸	so.si.ji
스파게티 義大利麵	seu.pa.ge.ti
알밥 魚卵石鍋飯	al.bap
우동 烏龍麵	u.dong
자장면 炸醬麵	ja.jang.myo*n
족발 豬腳	jok.bal

짬뽕 炒馬麵	jjam.bong
김치솥밥 泡菜鍋飯	gim.chi.sot.bap
불고기생채비빔밥 烤肉生菜拌飯	bul.go.gi.se*ng.che*.bi.bim. bap
생선볶음밥 海鮮炒飯	se*ng.so*n.bo.geum.bap
콩나물국밥 豆芽湯飯	kong.na.mul.guk.bap
새우볶음밥 蝦仁炒飯	se*.u.bo.geum.bap
계란볶음밥 蛋炒飯	gye.ran.bo.geum.bap
김밥 飯卷	gim.bap
끓인 누룽지 鍋巴水	geu.rin/nu.rung.ji
버섯야채죽 蘑菇蔬菜粥	bo*.so*.sya.che*.juk
야채죽 蔬菜粥	ya.che*.juk

• track 285

전복죽 鮑魚粥	jo*n.bok.jjuk
호두죽 核桃粥	ho.du.juk
된장찌개 大醬湯	dwen.jang.jji.ge*
김치찌개 泡菜鍋	gim.chi.jji.ge*
부대찌개 部隊鍋	bu.de*.jji.ge*
돼지고기두부찌개 豬肉豆腐鍋	dwe*.ji.go.gi.du.bu.jji.ge*
칼국수 刀削麵	kal.guk.ssu
순두부찌개 嫩豆腐鍋	sun.du.bu jji.ge*
피자 披薩	pi.ja
치킨 炸雞	chi.kin
토스트 土司	to.seu.teu
케이크 蛋糕	ke.i.keu

샌드위치 三明治	se*n.deu.wi.chi
빵 麵包	bang
녹차 綠茶	nok.cha
홍차 紅茶	hong.cha
맥주 啤酒	me*k.jju
소주 燒酒	so.ju
양주 洋酒	yang.ju
위스키 威士忌	wi.seu.ki
청주 清酒	cho*ng.ju
칵테일 雞尾酒	kak.te.il
물 水	mul
콜라 可樂	kol.la

사이다 汽水	sa.i.da
주스 果汁	ju.seu
요쿠르트 養樂多	yo.ku.reu.teu
우롱차 烏龍茶	u.rong.cha
광천수 礦泉水	gwang.cho*n.su
뜨거운 물 熱水	deu.go*.un/mul
아이스워터 冰水	a.i.seu.wo.to*
온수 溫水	on.su
냉수 涼水	ne*ng.su
오렌지주스 柳橙汁	o.ren.ji.ju.seu
핫코코아 熱可可	hat.ko.ko.a
아이스커피 冰咖啡	a.i.seu.ko*.pi

비엔나커피 維也納咖啡	bi.en.na.ko*.pi
카페라테 咖啡拿鐵	ka.pe.ra.te
샴페인 香檳	syam.pe.in
과실주 水果酒	gwa.sil.ju
우유 牛奶	u.yu
카푸치노 卡布其諾	ka.pu.chi.no
커피 咖啡	ko*.pi
고추장 辣椒醬	go.chu.jang
통조림 罐頭	tong.jo.rim
소금 鹽巴	so.geum
화학조미료 味精	hwa.hak.jjo.mi.ryo
간장 醬油	gan.jang

고추가루 辣椒粉	go.chu.ga.ru
후추가루 胡椒粉	hu.chu.ga.ru
푸딩 布丁	pu.ding
쵸콜렛 巧克力	chyo.kol.let
팝콘 爆米花	pap.kon
도넛 甜甜圈	do.no*t

Unit 03 商店建築

주택지역 住宅區	ju.te*k.jji.yo*k
아파트 公寓	a.pa.teu
옷 가게 服飾店	ot/ga.ge
PC방 網咖	pi.si.bang
유명 메이커점 名牌店	yu.myo*ng/me.i.ko*.jo*m
일품 가게 精品店	il.pum/ga.ge
초등학교 小學	cho.deung.hak.gyo
중학교 國中	jung.hak.gyo
고등학교 高中	go.deung.hak.gyo
대학교 大學	de*.hak.gyo
구두점 皮鞋店	gu.du.jo*m

보석점 珠寶店	bo.so*k.jjo*m
시계점 鐘錶店	si.gye.jo*m
안경집 眼鏡行	an.gyo*ng.jip
과일가게 水果店	gwa.il.ga.ge
만화방 漫畫店	man.hwa.bang
문방구 文具店	mun.bang.gu
서점 書店	so*.jo*m
교보문고 教保文庫	gyo.bo.mun.go
한약방 中藥房	ha.nyak.bang
백화점 百貨公司	be*.kwa.jo*m
사무실빌딩 辦公大樓	sa.mu.sil.bil.ding
빌딩 大廈	bil.ding

공항 機場	gong.hang
부두 碼頭	bu.du
도서관 圖書館	do.so*.gwan
농구장 籃球場	nong.gu.jang
축구장 足球場	chuk.gu.jang
극장 戲院	geuk.jjang
노래방 KTV	no.re*.bang
경찰서 警察局	gyo*ng.chal.sso*
약국 藥局	yak.guk
우체국 郵局	u.che.guk
전화박스 電話亭	jo*n.hwa.bak.sseu
병원 醫院	byo*ng.won

| 기차역 | gi.cha.yo*k |
| 火車站 | |

| 꽃집 | got.jjip |
| 花店 | |

| 커피숍 | ko*.pi.syop |
| 咖啡廳 | |

| 술집 | sul.jip |
| 酒吧 | |

| 헬스클럽 | hel.seu.keul.lo*p |
| 健身房 | |

| 목욕탕 | mo.gyok.tang |
| 澡堂 | |

| 수영장 | su.yo*ng.jang |
| 游泳池 | |

| 레스토랑 | re.seu.to.rang |
| 西餐廳 | |

| 식당 | sik.dang |
| 餐廳 | |

| 패스트푸드점 | pe*.seu.teu.pu.deu.jo*m |
| 速食餐店 | |

| 분식점 | bun.sik.jjo*m |
| 麵店 | |

| 노점 | no.jo*m |
| 路邊攤 | |

시장 市場	si.jang
남대문시장 南大門市場	nam.de*.mun.si.jang
동대문시장 東大門市場	dong.de*.mun.si.jang
명동 明洞	myo*ng.dong
육교 天橋	yuk.gyo
지하도 地下道	ji.ha.do
버스정류장 公車站牌	bo*.seu.jo*ng.nyu.jang
상점 간판 商店招牌	sang.jo*m/gan.pan
운동장 運動場	un.dong.jang
은행 銀行	eun.he*ng
지하철역 地鐵站	ji.ha.cho*.ryo*k

Unit 04 交通工具

기차 火車	gi.cha
구급차 救護車	gu.geup.cha
버스 公車	bo*.seu
경찰차 警車	gyo*ng.chal.cha
관광버스 觀光巴士	gwan.gwang.bo*.seu
배 船	pe*
비행기 飛機	bi.he*ng.gi
소방차 消防車	so.bang.cha
쓰레기차 垃圾車	sseu.re.gi.cha
오토바이 摩托車	o.to.ba.i
자전거 腳踏車	ja.jo*n.go*

운전사 司機	un.jo*n.sa
차표 車票	cha.pyo
하차벨 下車鈴	ha.cha.bel
정류장 站牌	jo*ng.nyu.jang
손잡이 手拉環	son.ja.bi
종점 終點站	jong.jo*m
잔돈 零錢	jan.don
표를 사다 買票	pyo.reul/ssa.da
성인표 成人票	so*ng.in.pyo
아동표 兒童票	a.dong.pyo
좌석 座位	jwa.so*k
경로석 博愛座	gyo*ng.no.so*k

승차하다 上車	seung.cha.ha.da
하차하다 下車	ha.cha.ha.da
승객 乘客	seung.ge*k
하차버튼 下車按鈕	ha.cha.bo*.teun
긴급브레이크 緊急剎車	gin.geup.beu.re.i.keu

Unit 05 休閒娛樂

운동 運動	un.dong
스포츠 運動	seu.po.cheu
콜프 高爾夫	kol.peu
농구 籃球	nong.gu
테니스 網球	te.ni.seu
수상스포츠 水上運動	su.sang.seu.po.cheu
경마 賽馬	gyo*ng.ma
스케이팅 溜冰	seu.ke.i.ting
스키 滑雪	seu.ki
민요 民謠	mi.nyo
국악 國樂	gu.gak

• track 299

무술 武術	mu.sul
오페라 歌劇	o.pe.ra
뮤지컬 歌舞劇	myu.ji.ko*l
연극 舞臺劇	yo*n.geuk
무대 舞臺	mu.de*
조명 燈光	jo.myo*ng
문화회관 文化會館	mun.hwa.hwe.gwan
미술관 美術館	mi.sul.gwan
영화관 電影院	yo*ng.hwa.gwan
문화센터 文化中心	mun.hwa.sen.to*
노천극장 露天劇場	no.cho*n.geuk.jjang
음악회 音樂會	eu.ma.kwe

전통음악 傳統音樂	jo*n.tong.eu.mak
서양음악 西洋音樂	so*.yang.eu.mak
전통무용 傳統舞蹈	jo*n.tong.mu.yong
민속무용 民俗舞蹈	min.song.mu.yong
탈춤 假面舞	tal.chum
영화 電影	yo*ng.hwa
시대극 古裝劇	si.de*.geuk
현대극 現代劇	hyo*n.de*.geuk
코믹극 喜劇片	ko.mik.geuk
공포영화 恐怖片	gong.po.yo*ng.hwa
전쟁영화 戰爭片	jo*n.je*ng.yo*ng.hwa
액션영화 動作片	e*k.ssyo*.nyo*ng.hwa

• track 301

애정영화 愛情片	e*.jo*ng.yo*ng.hwa
정치영화 政治片	jo*ng.chi.yo*ng.hwa
다큐멘터리 영화 記錄片	da.kyu.men.to*.ri yo*ng.hwa
비극 悲劇	bi.geuk
무언극 默劇	mu.o*n.geuk
인기 人氣	in.gi
순위표 排行榜	su.nwi.pyo
가요프로그램 歌唱節目	ga.yo.peu.ro.geu.re*m
연속극 連續劇	yo*n.sok.geuk
아침뉴스 晨間新聞	a.chim.nyu.seu
정오뉴스 午間新聞	jo*ng.o.nyu.seu
저녁뉴스 晚間新聞	jo*.nyo*ng.nyu.seu

경제프로그램 財經節目	gyo*ng.je.peu.ro.geu.re*m
여행프로그램 旅遊節目	yo*.he*ng.peu.ro.geu.re*m
요리프로그램 美食節目	yo.ri.peu.ro.geu.re*m
아동프로그램 兒童節目	a.dong.peu.ro.geu.re*m
만화영화 卡通影片	man.hwa.yo*ng.hwa
운동경기 體育競賽	un.dong.gyo*ng.gi
미니 시리즈 影集	mi.ni/si.ri.jeu
외화 시리즈 外國影集	we.hwa/si.ri.jeu
광고 廣告	gwang.go
프로그램표 節目表	peu.ro.geu.re*m.pyo
채널 頻道	che*.no*l
리모컨 遙控器	ri.mo.ko*n

Unit 06 顏色

색깔 顏色	se*k.gal
색상 顏色	se*k.ssang
빨강색 紅色	bal.gang.se*k
홍색 紅色	hong.se*k
검정색 黑色	go*m.jo*ng.se*k
까만색 黑色	ga.man.se*k
검은색 黑色	go*.meun.se*k
회색 灰色	hwe.se*k
흰색 白色	hin.se*k
하얀색 白色	ha.yan.se*k
은색 銀色	eun.se*k

금색 金色	geum.se*k
투명 透明	tu.myo*ng
노랑색 黃色	no.rang.se*k
녹색 綠色	nok.sse*k
초록색 草綠色	cho.rok.sse*k
파란색 藍色	pa.ran.se*k
하늘색 天空色	ha.neul.sse*k
보라색 紫色	bo.ra.se*k
동색 銅色	dong.se*k
갈색 褐色	gal.sse*k
오렌지색 橘色	o.ren.ji.se*k
짙은색 深色	ji.teun.se*k

| 얕은색 | ya.teun.se*k |
| 淺色 | |

| 분홍색 | bun.hong.se*k |
| 粉紅色 | |

| 커피색 | ko*.pi.se*k |
| 咖啡色 | |

Unit 07 標誌

만원 客滿	ma.nwon
경고 警告	gyo*ng.go
고장 故障	go.jang
금연 禁菸	geu.myo*n
금연석 禁菸席	geu.myo*n.so*k
흡연석 吸菸席	heu.byo*n.so*k
공사중 施工中	gong.sa.jung
공중전화 公共電話	gong.jung.jo*n.hwa
미시오 推	mi.si.o
당기시오 拉	dang.gi.si.o
촬영금지 禁止攝影	chwa.ryo*ng.geum.ji

소화기	so.hwa.gi
滅火器	
화장실	hwa.jang.sil
化妝室	
신사용	sin.sa.yong
男廁	
숙녀용	sung.nyo*.yong
女廁	
안내소	an.ne*.so
服務台	
매표소	me*.pyo.so
售票處	
매진	me*.jin
票已售完	
시간표	si.gan.pyo
時間表	
떠들지 마시오	do*.deul.jji/ma.si.o
肅靜	
휴대폰 사용금지	hyu.de*.pon/sa.yong.geum.ji
禁用手機	
쓰레기 버리지 마세요	sseu.re.gi/bo*.ri.ji/ma.se.yo
勿丟垃圾	

일방 통행로
il.bang /tong.he*ng.no
單行道

정지
jo*ng.ji
停

체류금지
che.ryu.geum.ji
禁止逗留

차도
cha.do
車道

고속도로
go.sok.do.ro
高速公路

속도제한
sok.do.je.han
速限

교차로
gyo.cha.ro
交叉路

십자로
sip.jja.ro
十字路口

안전이 제일이다
an.jo*.ni/je.i.ri.da
安全第一

조용한 지역
jo.yong.han/ji.yo*k
安靜地區

적재량제한
jo*k.jje*.ryang.je.han
載重限制

진입금지
ji.nip.geum.ji
禁止進入

주차금지 禁止停車	ju.cha.geum.ji
통행금지 禁止通行	tong.he*ng.geum.ji
음식금지 禁止飲食	eum.sik.geum.ji
낚시금지 禁止釣魚	nak.ssi.geum.ji
만지지 마시오 不可觸摸	man.ji.ji/ma.si.o
미성년자 출입금지 禁止未成年者進入	mi.so*ng.nyo*n.ja/ chu.rip.geum.ji
불조심 小心火燭	bul.jo.sim
위험 危險	wi.ho*m
입구 入口	ip.gu
택시정류장 計程車站	te*k.ssi.jo*ng.nyu.jang
주차장 停車場	ju.cha.jang

자동판매기 自動販賣機	ja.dongpan.me*.gi
영업중 營業中	yo*ng.o*p.jjung
휴식중 休息中	hyu.sik.jjung
휴업 休業	hyu.o*p
영업시간 營業時間	yo*ng.o*p.ssi.gan
견학사절 謝絕參觀	gyo*n.hak/sa.jo*l
고객이 제일이다 顧客至上	go.ge*.gi/je.i.ri.da

Unit 08 方向

방향 方向	bang.hyang
근처 附近	geun.cho*
여기 這裡	yo*.gi
거기 那裡（近稱）	go*.gi
저기 那裡（遠稱）	jo*.gi
북 北	buk
남 南	nam
동 東	dong
서 西	so*
위 上	wi
아래 下	a.re*

왼쪽 左	wen.jjok
오른쪽 右	o.reun.jjok
옆 旁邊	yo*p
앞 前	ap
뒤 後	dwi
안 內	an
밖 外	bak
이쪽 這邊	i.jjok
저쪽 那邊	jo*.jjok
중간 中間	jung.gan

Unit 09 數字

韓文數字

하나 一	ha.na
둘 二	dul
셋 三	set
넷 四	net
다섯 五	da.so*t
여섯 六	yo*.so*t
일곱 七	il.gop
여덟 八	yo*.do*l
아홉 九	a.hop
열 十	yo*l

열한 十一	yo*l.han
열두 十二	yo*l.du

漢字數字

일 一	il
이 二	i
삼 三	sam
사 四	sa
오 五	o
육 六	yuk
칠 七	chil
팔 八	pal
구 九	gu

십 十	sip
백 百	be*k
천 千	cho*n
만 萬	man
십만 十萬	sim.man
백만 百萬	be*ng.man
억 億	o*k
조 兆	jo

Unit 10 星期時間

월요일 星期一	wo.ryo.il
화요일 星期二	hwa.yo.il
수요일 星期三	su.yo.il
목요일 星期四	mo.gyo.il
금요일 星期五	geu.myo.il
토요일 星期六	to.yo.il
일요일 星期日	i.ryo.il
한시 一點	han.si
두시 兩點	du.si
세시 三點	se.si
네시 四點	ne.si

다섯시 五點	da.so*t.ssi	
여섯시 六點	yo*.so*t.ssi	
일곱시 七點	il.gop.ssi	
여덟시 八點	yo*.do*l/si	
아홉시 九點	a.hop.ssi	
열시 十點	yo*l.si	
열한시 十一點	yo*l.han.si	
열두시 十二點	yo*l.du.si	
한시십분 一點十分	han.si.sip.bun	
다섯시반 五點半	da.so*t.ssi.ban	
일곱시사십오분 七點四十五分	il.gop.ssi.sa.si.bo.bun	

Unit 11 住宿生活

한드폰 手機	he*n.deu.pon
세수비누 洗顏皂	se.su.bi.nu
빨래비누 洗滌皂	bal.le*.bi.nu
면도크림 剃鬚霜	myo*n.do.keu.rim
수건 毛巾	su.go*n
치약 牙膏	chi.yak
칫솔 牙刷	chit.ssol
면도기 刮鬚刀	myo*n.do.gi
티슈 面巾紙	ti.syu
휴지 衛生紙	hyu.ji
식기 餐具	sik.gi

밥그릇 飯碗	bap.geu.reut
숟가락 湯匙	sut.ga.rak
젓가락 筷子	jo*t.ga.rak
포크 叉子	po.keu
주전자 水壺	ju.jo*n.ja
컵 杯子	ko*p
찻잔 茶杯	chat.jjan
밥상 飯桌	bap.ssang
도자기 陶瓷	do.ja.gi
꽃병 花瓶	got.byo*ng
물건 物品	mul.go*n
탁자 桌子	tak.jja

의자 椅子	ui.ja
시계 鐘錶	si.gye
우산 傘	u.san
짐 行李	jim
상자 箱子	sang.ja
텔레비전 電視	tel.le.bi.jo*n
냉장고 冰箱	ne*ng.jang.go
선풍기 電扇	so*n.pung.gi
에어콘 冷氣	e.o*.kon
세탁기 洗衣機	se.tak.gi

Unit 12 韓國著名景點

명동 明洞	myo*ng.dong
동대문 東大門	dong.de*.mun
남대문 南大門	nam.de*.mun
이태원 梨泰院	i.te*.won
종로 鐘路	jong.no
신촌 新村	sin.chon
강남 江南	gang.nam
압구정 狎鷗亭	ap.gu.jo*ng
인사동 仁寺洞	in.sa.dong
여의도 汝矣島	yo*.ui.do
대학로 大學路	de*.hang.no

명동성당 天主教明洞聖堂	myo*ng.dong.so*ng.dang
서울역사박물관 首爾歷史博物館	so*.ul.lyo*k.ssa.bang.mul. gwan
국립고궁박물관 國立古宮博物館	gung.nip.go.gung.bang.mul. gwan
국립중앙박물관 國立中央博物館	gung.nip.jjung.ang.bang.mul. gwan
세종문화회관 世宗文化會館	se.jong.mun.hwa.hwe.gwan
남산골한옥마을 南山韓屋村	nam.san.gol.ha.nong.ma.eul
한국민속촌 韓國民俗村	han.gung.min.sok.chon
경복궁 景福宮	gyo*ng.bok.gung
덕수궁 德壽宮	do*k.ssu.gung
경희궁 慶熙宮	gyo*ng.hi.gung

창덕궁 昌德宮	chang.do*k.gung
종묘 宗廟	jong.myo
선유도공원 仙遊島生態公園	so*.nyu.do.gong.won
월드컵공원 世界杯公園	wol.deu.ko*p.gong.won
남산공원 南山公園	nam.san.gong.won
프리마켓 藝術自由市場	peu.ri.ma.ket
서울타워 首爾塔	so*.ul.ta.wo
청계천 清溪川	cho*ng.gye.cho*n
청와대 青瓦臺	cho*ng.wa.de*
63빌딩 63大廈	yuk.ssam.bil.ding
설악산 雪嶽山	so*.rak.ssan
롯데월드 樂天世界	rot.de.wol.deu

롯데백화점 樂天百貨公司	rot.de.be*.kwa.jo*m
롯데면세점 樂天免稅店	rot.de.myo*n.se.jo*m
홍대클럽 弘大俱樂部	hong.de*.keul.lo*p
교보문고 教保文庫	gyo.bo.mun.go
용산전자상가 龍山電子商城	yong.san.jo*n.ja.sang.ga

連日本小學生都會的基礎單字

這些單字連日本小學生都會念

精選日本國小課本單字

附上實用例句

讓您一次掌握閱讀及會話基礎

我的菜日文【快速學會 50 音】

超強中文發音輔助 快速記憶 50 音

最豐富的單字庫 最實用的例句集

日文 50 音立即上手

日本人最想跟你聊的 30 種話題

精選日本人聊天時最常提到的各種話題

了解日本人最想知道什麼

精選情境會話及實用短句

擴充單字及會話語庫

讓您面對各種話題，都能侃侃而談

這句日語你用對了嗎

擺脫中文思考的日文學習方式

列舉台灣人學日文最常混淆的各種用法

讓你用「對」的日文順利溝通

日本人都習慣這麼說

學了好久的日語，卻不知道…

梳頭髮該用哪個動詞？

延長線應該怎麼說？黏呼呼是哪個單字？

當耳邊風該怎麼講？

快翻開這本書，原來日本人都習慣這麼說！

這就是你要的日語文法書

同時掌握動詞變化與句型應用

最淺顯易懂的日語學習捷徑

一本書奠定日語基礎

日文單字萬用手冊

最實用的單字手冊

生活單字迅速查詢

輕鬆充實日文字彙

超實用的商業日文 E-mail

10 分中搞定商業 E-mail

中日對照 E-mail 範本 讓你立即就可應用

不小心就學會日語

最適合初學者的日語文法書

一看就懂得學習方式

循序漸進攻略日語文法

日文單字急救包【業務篇】

小小一本，大大好用

商用單字迅速查詢

輕鬆充實日文字彙

生活日語萬用手冊

~~日語學習更豐富多元~~

生活上常用的單字句子一應俱全

用一本書讓日語學習的必備能力一次到位

你肯定會用到的 500 句日語

出國必備常用短語集！

簡單一句話

解決你的燃眉之急

超簡單 🌿 旅遊日語

Easy Go! Japan

輕鬆學日語,快樂遊日本

情境對話與羅馬分段標音讓你更容易上手

到日本玩隨手一本,輕鬆開口說好日語

訂票/訂房/訂餐廳一網打盡;點餐/購物/觀光一書
搞定

最簡單實用的日語 50 音

快速擊破五十音

讓你不止會說五十音

單子、句子更能輕鬆一把罩!短時間迅速提升日
文功力的絕妙工具書。

日文單字急救包【生活篇】

日文單字迅速查詢

輕鬆充實日文字彙

用最簡便明瞭的查詢介面,最便利的攜帶方式,
輕鬆找出需要的單字,隨時增加日文單字庫

日語關鍵字一把抓

日常禮儀

こんにちは

ko.n.ni.chi.wa

你好

相當於中文中的「你好」。在和較不熟的朋友,
還有鄰居打招呼時使用,是除了早安和晚安之
外,較常用的打招呼用語。

菜英文【旅遊實用篇】

就算是說得一口的菜英文，
也能出國自助旅行！
本書提供超強的中文發音輔助，
教您輕輕鬆鬆暢遊全球！

菜英文【實用會話篇】

中文發音引導英文語句
讓你說得一口流利的道地英文

生活英文單字超短迷你句

一個單字搞定英文會話
生活英語單字，最實用的「超短迷你句」

你肯定會用到的 500 句話

簡單情境、實用學習！
用最生活化的方式學英文，
隨時都有開口說英文的能力！

Good morning 很生活的英語

想要學好英文，就得從「英文生活化」開始！

每天來一句 good morning，

英文開口說真輕鬆！

菜英文(生活應用篇)

利用中文引導英語發音，

你我都可以用英語與"阿兜仔"溝通！

別再笑，「他媽的」英文怎麼說

英文學習一把罩！

一次全收錄你想像不到的口語用法！

英文會有多難？

只要掌握必學的口語英文，

人人都可以輕鬆開口說英文！

1000 基礎實用單字

想學好英文？就從「單字」下手！

超實用單字全集，簡單、好記、最實用，

讓你打好學習英文的基礎！

雅典文化
書 目

超實用旅遊韓語／雅典韓研所 企編.-- 初版.
--新北市 ： 雅典文化, 民 100.08
面；公分. -- （全民學韓語：01）
ISBN⊙978-986-6282-34-8（平裝）

1. 韓語　　2. 旅遊　　3. 會話
803.288　　　　　　　　　　　　　　　　100006491

全民學韓語系列：01

超實用旅遊韓語

企　　編	雅典韓研所
出 版 者	雅典文化事業有限公司
登 記 證	局版北市業字第五七○號
執行編輯	呂欣穎
編 輯 部	22103 新北市汐止區大同路三段 194 號 9 樓之 1
	TEL ／(02)86473663
	FAX ／(02)86473660
劃撥帳號	18965580 雅典文化事業有限公司
法律顧問	中天國際法律事務所 涂成樞律師、周金成律師
總 經 銷	永續圖書有限公司
	22103 新北市汐止區大同路三段 194 號 9 樓之 1
	E-mail: yungjiuh@ms45.hinet.net
	網站：www.foreverbooks.com.tw
	郵撥：18669219
	TEL ／(02)86473663
	FAX ／(02)86473660
出 版 日	2011 年 08 月

Printed Taiwan, 2011 All Rights Reserved

ⓐ 雅典文化 讀者回函卡

謝謝您購買這本書。
為加強對讀者的服務，請您詳細填寫本卡，寄回雅典文化
；並請務必留下您的E-mail帳號，我們會主動將最近"好
康"的促銷活動告訴您，保證值回票價。

書　　名：**超實用旅遊韓語**
購買書店：＿＿＿＿＿＿市/縣＿＿＿＿＿＿＿＿書店
姓　　名：＿＿＿＿＿＿　生　日：＿＿＿年＿＿月＿＿日
身分證字號：＿＿＿＿＿＿＿＿＿＿＿＿＿＿＿＿＿＿＿
電　　話：(私)＿＿＿＿＿(公)＿＿＿＿＿(手機)＿＿＿＿
地　　址：□□□＿＿＿＿＿＿＿＿＿＿＿＿＿＿＿＿＿
E‐mail：＿＿＿＿＿＿＿＿＿＿＿＿＿＿＿＿＿＿＿＿
年　　齡：□20歲以下　　□21歲~30歲　　□31歲~40歲
　　　　　□41歲~50歲　　□51歲以上
性　　別：□男　　　□女　　婚姻：□單身　□已婚
職　　業：□學生　　　□大眾傳播　□自由業　□資訊業
　　　　　□金融業　　□銷售業　　□服務業　□教職
　　　　　□軍警　　　□製造業　　□公職　　□其他
教育程度：□高中以下（含高中）□大專　□研究所以上
職 位 別：□負責人　□高階主管　□中級主管
　　　　　□一般職員　□專業人員
職 務 別：□管理　　　□行銷　　　□創意　　□人事、行政
　　　　　□財務、法務　□生產　　　□工程　　□其他＿＿
您從何得知本書消息？
　　　□逛書店　　　□報紙廣告　　□親友介紹
　　　□出版書訊　　□廣告信函　　□廣播節目
　　　□電視節目　　□銷售人員推薦
　　　□其他
您通常以何種方式購書？
　　　□逛書店　　□劃撥郵購　□電話訂購　□傳真訂購　□信用卡
　　　□團體訂購　□網路書店　□其他
看完本書後，您喜歡本書的理由？
　　　□內容符合期待　□文筆流暢　　□具實用性　□插圖生動
　　　□版面、字體安排適當　　　□內容充實
　　　□其他
看完本書後，您不喜歡本書的理由？
　　　□內容不符合期待　□文筆欠佳　　□內容平平
　　　□版面、圖片、字體不適合閱讀　　□觀念保守
　　　□其他
您的建議：

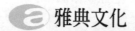